夢追い歴史と
ピアノ遊び

吉田昭雄
YOSHIDA Akio

文芸社

目次

旅に遊ぶ

思想に遊ぶ

歴史に遊ぶ

旅に遊ぶ

奈良井に遊んで

奈良井千軒と言われ、今日でも老若男女から多くの視線が注がれる人気スポット奈良井。中山道六十九次の江戸側から三十四番目の宿場町を二十年ぶりにまた一人で訪れてみた。

平成二十二年十月十四日朝七時三十三分、古の人々の足跡を尋ねて美濃太田駅へ向かう。天気晴朗、絶好の旅日和。

「秋は喨喨と空に鳴り　空は水色　鳥が飛び　魂いななき　清浄の水こころに流れ　こころ眼をあけ　童子となる」

旅立ちの序章に高村光太郎の詩を口ずさんだ。心は弾む。青春時代の躓き、今もなお傷を負う心を癒し、この地を求めていくのだ。一人旅にロマンを求め乾きつつある心に水を潤し、翳りゆく人生を若返らそうとして電車に乗った。

信州奈良井に向かって車窓は流れゆく。この田園風景はありし日の景観と異なることはなかろう。これらの風景は時代から遠く取り残され、溢れる旅情がかえって醸し出されていた。少年時代のこの風景は次世代もきっと変わらぬであろう。

かなたに無人の田に刈られた稲が「はざ」に二段掛けられていた。この贅沢なカタルシス。

今、生物的には夕方である。車窓から見える景観ではなく心であった。男五十三、競争社会に身を置き家族を守りそして失い、自身の夢を追い躓きしかし立ち上がり、前進を続けている。今日の旅は明日への鋭気を沸かせ、未来の自身の立ち上がりの一歩としたい。

車窓に遊ぶ。現実逃避の夢を見たいがそうもいかない。かといって現実に埋没もしたくない。車窓はうっすらと映る自分の顔しか見えず、せっかくの風景がしばらく目にとまらなかった。

多治見に到着する。乗り換えである。中津川行き発車まで四十分以上ある。ホームの片側に蕎麦屋があった。旅の駅の立ち食いは味以上の味がある。うどん好きの自分が不思議に蕎麦を愛したひと時であった。

出勤途上ならこんなことはあるまい。味はいかに気分が左右するかよく表している。ズルズルとまた蕎麦を頬張り続けた。

電車に乗り込んだ。定刻通りの発車だった。ふと窓から流れゆく里山を見た。山が止まっていた。

山に見ゆ薄紅のコスモスや

もどらばや遠き過ぎ越し目覚めの日

コンビニで買った二百九十九円のウイスキー壜を口にした。いつもの旅の友は人生の味付けにいつも加担してくれる。今日もまたよろしくとお願いしておいた。チビリと飲むこの味にまた痺れ、二口目に頭がぼんやりした。遠い昔を懐かしむ心はこの時点で消えた。電車は恵那にさしかかった。天気は下り坂なのか早朝とは違い、薄曇りとなっていた。

静かなる恵那の遠田や薄日さす

いつもできないことを今一生懸命やっている自分がいた。石川達三の『四十八歳の抵抗』ならぬ五十三歳の抵抗に酔い、応援歌を勝手に歌っているのだ。自分を美しく思いたく、ナルシストに無理にでもなろうと思った。

恵那を過ぎた。次は終点中津川だ。ここで乗り換えれば一気に目的地奈良井に着く。幸い各駅停車なので時間をかけて景色を追いかけることができる。心に栄養を与えるには十分な環境だ。時間に追われず気長さを追い求める時、各駅停車はありがたい。日常のしがらみを今リセットしつつある。

『伊豆の踊子』を持参してきた。旅に文庫本はよき友である。主人公のようなハプニングを期待しているわけではないが、脳の片隅では違う自分がいるようだ。

中津川に着いた。古の趣が漂ってくる。ここから名古屋方面へ向かう人、信州方面へ向かう人、乗客の足は大きく分かれる。今日は平日でありどちらかというと名古屋方面へ仕事に向かう人が多いようだ。私は信州方向だ。妙な満足感に浸っている。棚に置かれている旅行バッグがなぜか心に優しい。

車窓は山間《やまあい》を駆け抜けていく。「木曽路はすべて山の中」を実感した。山はまた人の心を浄化し、時間を逆回転させる。山は無言で語りかけ人はその語り口に圧倒されてひれ伏す。次の山は女性的だ。苛立ちや葛藤、憤りといった負の感情を容易に中和してくれた。過ぎ越してきた無駄と思われる時間もトンネルを抜けたら『千と千尋の神隠し』の映画のように別世界へつなげられる。

「無用の用を尊ぶ」

荘子は人生の糧として重要視したが私も偉大な儒学者を崇拝している。可能な限り日常にこの思想と行動が取れたら、如何に人生が楽になることだろうか。「無用の用」とは何とすばらしい言葉であろうか。無用、つまり用がないのである。合理性を追求し利潤をあげる資本主義活動では全く不必要である。リカードもケインズもサムエルソンも無用の用は定義されていない。無用とは無駄のことなのだろう。用がないものに哲学的に意味を持たせられるのは人間のみで、しかもこれを実行する人は少なからず変人か、疲弊した心の持ち主がヒーリングを求めた時であろう。但し哲学すれば資本主義の渦から離れ、精神的には余裕が生まれる。これは贅沢なのである。経済学にはない贅沢なのである。

落合川大岩語る今昔

馬篭越え南木曽越えたり奈良井行

車窓はいよいよ山また山である。電車は木曽義仲の生地「宮ノ越」にさしかかった。巴御前とともに勇猛を奮い、平家打倒の先人を切ったあの名将夫妻がここで剣の腕を磨いていたのだ。歴史は常に勝者によって作られていく。木曽義仲はどうして悪役なのだろうか。頼朝が作った鎌倉幕府の勝手のような気がする。更に彼らが滅ぼした平家はそれ以上の悪人であろうか。歴史の逆を考えるのは妙味であり、この快楽に浸るといろいろな仮定によって現在が全く違ってくる。たぶん徳川幕府は生まれず明治維新もなく、ペリー来航や日清戦争はどうなっていたであろうか。木曽義仲を討った時の帝が逆に義仲に加担していたら頼朝や義経は生きていられたであろうか。木曽一帯は日本の中心となって人々の住居や道路は整備され賑わったであろうか。

十一時四十分、奈良井着。駅はやや寂しげであるがそれが反って心に旅情を湧き立たせる。「中山道奈良井宿」の表看板が何か語っている。どこか頼りない秋の光が遠くから家並に注ぎ込み、またしても時計は止まった。

音に聞く武田が土地に声聞こゆ

以前ここへ来た時は藪原宿から東進したので今回は奈良井宿から西進することとした。いきなり江戸時代にタイムスリップしたかのような光景が目前に広がった。ここは当時、奈良井千軒と言われ中山道最大の宿場町と言われたが、なぜそんなに賑わったのであろうか。

「ふる里」食堂でまた蕎麦を食べた。一句。

ざるそばのすする音するずるずると

おばあさんが奈良井のミニ歴史と現在を語ってくれた。村が高齢化していること、観光客は日によって大変な数になること、江戸日本橋から尋ね歩いてくる人がいること、ここで誇りを持って住んでいること。そして私が岐阜県からやってきたことを話すと、奈良井と岐阜の高山では名字が良く似ていること、先祖が高山と往来があったことなどとつとつと語った。明治、大正、昭和の歴史とはこういうものなのだ。この人の生き様が今このようにしてこの地にしっかりと根付き、誇らしげに伝播していくのだ。どんな山間《やまあい》の地でも島の人でも人々はその土地と環境に愛情と誇りを持ち、隣人や故郷を私のような旅人にも語るのだ。

地図を見、二百地蔵を見ようとして北へ向かってから街道を西進することとした。ここは明治時代に鉄道の施設と共にあちこちにあった地蔵をここ一ヶ所に集めたという。一体ずつならばそうでもないのだが、こうして集合体になると不思議な霊感と冷気が感じられ、生命力が薄暗い丘に宿ったのかひんやりとした風を送ってきた。肩には何か生命体のようなものがのっかっているかのようであった。思わず八幡宮の階段の後ろを見ないで急いで下りていった。少年時代のありし日に肝試しにお墓めぐりをして、耐え切れず必死に逃げ帰ってきたことを思い出した。

下町のメインロードをゆっくりと歩き始めた。古い家並みがゆったりと通り過ぎていく。あたかも時代劇を見るかのようで、折も折菅笠と脇差を差した侍姿の男性と町人姿の女性が観光客に愛想を振る舞っていた。役場の観光協会の方であろうか町おこしに力を注ぎ、観光客にサービスしている光景を垣間見た。ここでこうした姿で古の人々はこの宿場町を行き交い、語り合いながら通り過ぎていったのであろう。

民宿「しまだ」を通り過ぎた。今日私が宿泊する宿である。まだ時間がたっぷりとある。荷を降ろし身軽になるのも旅の風情をそぐので敢えてそのままの荷物を背負い、通過する。右にはジャアジャアと溢れるまま道を潤している水場があった。現代の手が加えられているとはいえ昔の風情を存分に醸し出していた。土産物屋を左折した。奈良井川の流れゆく音が聞こえる。落ち着いた風景である。レトロ調の「木曽の大橋」、水と戯れる幼子を連れた家族、赤い橋、透明な水、薄青い空、弱々しい木漏れ日、弱った緑の草がやんわりと調和し、絵画的な幻想風景が漂っていた。

悠久の川の流れに背筋伸び

道になき道を尋ねて幾年や春は過ぎゆき夏も過ぎゆく

音に聞く木曽の大橋まみえたり過ぎたるものは我が身この道

秋風やまいまいてふのかそけきよ

あなやさし過ぎこし夏の川音かな

七五調は数学でいうルート二対一の比率に近い(一・四一四対一)。一方、七対五は一・四対一)。またこの比率は長方形の黄金矩形比率(一・六一八対一)にも近い。黄金矩形は最も美しい四角形と言われ語感リズムとしてその近似値の七五調は聴覚的にも心地よいのだろうか。

また中山道に戻った。左手に杉の森酒造がある。大きな杉玉が伝統の風格を表し、堂々とした威厳を示していた。美しい水を背景にこの地区きっての酒屋としてその名を馳せているのであった。

その先、右手に大宝寺があった。臨済宗妙心寺派に属する禅寺である。ここには「マリア地蔵」という隠れキリシタンの方々の信仰のよりどころとなった地蔵様があった。哀れにも首がない。胸には、十字架とも見えるものがある。

但し、これが必ずしも隠れキリシタンの証しではないそうだ。全国各地にいたと言われるキリシタンはこのように密かに隠れ住み、密かな深い信仰を繋げてきた。記録を残さず言葉だけで伝えてきた彼らの思い、叫び声、崇拝した偶像を見るにつけ胸が熱くなるのであった。同時に当時の信仰者に対し、時の為政者の日本国を守るというやむを得ない事情のもとで残虐な仕打ちも良しとされ、当時の人々の艱難辛苦と時代の残虐性に深い悲しみを抱いたのであった。

我もまた木曽のマリアにひざまづく

宗教の信仰が過度となり排他的な原理主義が前面に出ると歴史戦争となった。仏教では土地や政治問題を抱えて、南都北嶺のいがみあいや、キリスト教対イスラム教、イスラム教対ユダヤ教、ユダヤ教対キリスト教、カトリック対プロテスタント、イスラムシーア派対スンナ派、仏教対ヒンズー教等世界は文明の衝突を起こし、世界は一つという精神は消えかけていった。

逆に日本人の多くの宗教を同時に取り入れる感覚、また無宗教性は今日の世界の流れの中で生き延びるためには良い方法なのかもしれない。結局、宗教と政治が結びついた時、政治対決は宗教対決となって拡大していくのであろう。権力闘争は数千年前から世界中でおこっている。生物は生存競争であり戦いからは逃れられない。しかし救うはずの宗教界が権力闘争を必要とするのであろうか。

ここで奈良井の歴史について少し触れてみる。

江戸時代以前、主に戦国時代にこのあたりには奈良井氏という領主がいた。この大宝寺の北の山上に居館跡がある。当時、奈良井義高という領主が治めていたが周囲には武田氏、木曽氏、小笠原氏の目が光っており非常に窮屈な生活をしていた。特に武田信玄のプレッシャーは強烈で、一族を何とか守ろうとした奈良井氏の領主の思いは想像に難くない。

結局、あちらにつきこちらにつきという運命で最終的には裏切り者というレッテルをはられ、殺されてしまった。その結果、奈良井という名の人は現在奈良井にはいないという。

歴史民族資料館の方の話によれば奈良井さんを全国から呼び集め研修会のような催しをやっているということであった。

いろいろ質問したので「あなたは奈良井さんですか」と質問されてしまった。興味を持つと奈良井さんに見えるのかもしれない。光栄なことである。思わず苦笑してしまった。

鎮神社というのがある。資料館の隣にある。これは平安時代末期に鳥居峠にあったものを奈良井義高がここへ移したようである。「鎮」というからにはこの地の鎮守であろう。火災も何度となくあったという。ちょうどこのあたりが升形となって敵を食い止める曲道であった。

挽歌

道なき道を歩み来て
再び数えて秋かなし
かすかな山の道しるべ
路傍の石にまぎれたり
まだ見ぬ名峰御嶽に

人には言えね艱難と
辛苦をこらえた年月を
重ねて告げむ我が思ひ
明日こそ語る日ぞ来むと
埃にまみれた山道を
脇にぞ止まって見つめけれ
しいいと虫の鳴く声に
脇からのぞいて見つめけり
くれない山の静けさに
わたり鳥らの声あはれ
東に見ゆる満ち月に
かたぶく夕日の悲しさよ

明日は鳥居峠越えである。中山道一の難所と言われ古より多くの旅人が苦労を重ねた峠である。明日はこの地とも別れる。日暮れまで時間はわずかに残されていた。中山道を東へ戻る。中村邸という元櫛問屋へ行ってみた。木曽というからには当然山の中であり、生活基盤も木製品が多い。ここは天保の櫛職人の屋敷であった。

天保八年は奈良井宿が大火に見舞われたという。この年は「板垣死すとも自由は死せず」と後日岐阜公園で演説後叫んだあの板垣退助が生まれた年で、屋敷はその後に建てられた。古き日本の商家がかくも見事に残されているのは奇跡とも思える。日本語が堪能と思われる外国人男性がじっと建物を見つめ、中に入って帳簿を見ていた。よほど興味をそそったのかじっと動かなかった。

薄暗い隣の部屋に囲炉裏があった。黒くくすんだ家財や柱が永い年月を、様々な語り口で物語り、時を越えた空間は人けのなさとあいまって得も言われぬ空気を醸し出していた。それは人の鼓動を止めてしまうかのような、細い振動を発していた。

今日はもう宿に行くこととした。明日はゆったりと峠を越えて帰ろう。感動をここで止めて明日は山道を下ろう。霊峰御嶽が見えるかどうか、それは私の日常の心がけ次第。どちらにしても私の感動体験はここで終わる。

八丈島に遊んで

二〇二二年十月二日、家から新幹線に乗り、妻と羽田空港へ向かう。十二時十五分の八丈島行きに乗り、約五十分で八丈島空港に到着。飛行機は満席だった。

ホテルの車が迎えに来てくれた。三階の三五六号室は南に太平洋の大自然が見える大パノラマの部屋だった。海岸線が美しい。このあたりは十月下旬になるとザトウクジラが見えるとのこと。そして夜は美しい星が見えるということだった。

ウェルカムはビール一杯無料。内緒で二杯飲んだ。夜は外食した。メインはさしみ、明日葉の天ぷらだ。カリッとしてシソの天ぷらの味に似ているが少し違う。島焼酎が売りだ。さつま、麦があるがもちろん私はさつま焼酎。妻は麦である。水割りは時間と共に水になるのでストレートでもう一杯頼んでおくと安心である。こうして時間を気にしない飲み方でいつもやっている。酒の飲み方も奥が深い。最初の居酒屋はカウンターでなかったのが残念。私は居酒屋ではいつもカウンターで様々な話をするのが好きだ。二人でひそひそと飲むなら家飲みすればよい。

夜になった。噂通りの空だ。亜熱帯の風がなんとも心地よい。北の風がそこそこ吹いていて暑くもなく寒くもなくである。今日は天気に恵まれず、今夜は南の星々が見えなかった。天の川や流星を楽しみにしていたので明日以降だ。ただ北の方角は雲がなく、冬の大三角や北ではカシオペア、上空ではオリオン座が輝いていた。よく見えたのは新月だったのかもしれない。北極星も二等星ながらすぐわかった。

ホテルの裏は山だったので景色は悪い。八丈島は「アシジロヒラフシアリ」という外来アリが大繁殖し、箪笥の中やエアコンを壊しているらしい。部屋でもアリがちらほら見えて殺虫剤をいつもかけていた。

あの関ヶ原の戦いで敗軍となった宇喜多秀家が、前田利家の娘の豪姫といっしょになったことで死罪を免がれた。持つべきものは妻だ。ここで夜寝るのはもったいない。徹夜してでも空を見て散歩して酒を飲むことだ。そうでなければ家にいればいい。

十月三日、宇喜多秀家の墓へ行く。ホテルからすぐだった。彼の植えた四百年前のソテツが大きくなり、彼の墓のまわりに繁茂していた。墓から右へ行き、彼の墓を捜すが本名で出てこなかった。「浮田」という墓が多くあったが本家以外は宇喜多の名は使えないらしい。彼の菩提寺である宗福寺に行った。ＮＨＫでも放送された寺だ。ただ住職は不在で中は見られなかった。重要文化財が多数あるということだった。花がきれいに植えてあった。次は服部屋敷へ行く。多くの観光客が訪れるところだ。石職人で安山岩でできた石が几帳面に積み上げられていた。腕がいいため、罪人であっても赦免され、そこには赦免花が咲いていた。

十月四日、疲れて一日中ホテルで寝ていた。少し散歩して部屋で酒を飲む。とても心地よい。先述したアリは温暖化で増加しているらしい。迷惑なことだ。

最終日は秀家公と豪姫の銅像がある海岸線へ行った。見渡す限りの火山岩が海岸を埋めている。

八丈島は人口七千人、数年前より五百人減ったらしい。ただ、関東エリアからの移住によってそれなりに町は保たれている。明日葉の土産物は多く、そばやまんじゅうやジュースもあった。名残おしいが明日帰る。「しまながし」という焼酎を買って家飲みしてみよう。

最終日は大雨だったが飛行機に乗ったので大丈夫だった。羽田は晴れていた。亜熱帯なので予報とは違う天気になるらしい。五時間後に帰宅した。何か寂しい気がした。旅行とはこんなものか。また違う島へ行って新しい発見をしてみたいものだ。

オーストリアをあちこち

オーストリアはドイツと並んで音楽の町、城壁都市の代表的な都市はウィーンだ。ここはチンチン電車が通っている。今はトラムがきっちりしているが、私が四十年以上前に行った時はドアを開けっ放し。車掌は口笛を吹き、歌っていた。大変のどかであった。

サンシュテファノ寺院で降りる。私は卒業旅行で一ヶ月のヨーロッパ旅行をし、十一ヶ国を回った。その一つ。サンシュテファノ寺院の入り口で中学の同級生の女の子に会った。音楽の道に進みオーストリアの教授に教えてもらっているとのことだった。

彼女はピアノ科で、その後日本で演奏会を開いた。すばらしい腕だった。しかし今は主婦専業となり、何とももったいないと思う。後日音楽活動を止めた理由を聞いたら、彼女程度の腕の人は世界中に相当おり、毎年若手が出て、もはや出る幕はないという。音楽にしろ、美術にしろ、芸術で生計をたてていく苦労を思い知らされた。

この国は菓子やパン、そしてウィンナー、ハム、ソーセージ、コーヒーなど美食の国だ。大通りの一本裏は中世の城郭都市の跡が見られた。馬止めの石や家に十七～八世紀の数字が書いてある。ハプスブルグ家の隆盛の跡が随所に見られた。

私も少しはドイツ語が理解できたのであいさつはできる。左右やら数を理解することもできた。英語も話せるので全く心配はないが、それでもその国の言葉を話すことは、現地の人と打ちとけるこつだ。

道には多くの中国人が歩いていた。楽器、特に弦楽器を持っている女性をよく見かけた。ケースを見ればバイオリンか、チェロか、コントラバスかはわかる。中国の勢いを感じた。遠くからでは日本人かどうかはわからないが、すれ違うと中国語を語っている。ほとんどが女性であったのも印象的だ。昔は音楽と言えば大多数が男性で、女性は少人数だったが今は逆だ。女性の社会進出は世界中で進み、特にヨーロッパは多い。中国でさえ進んでいる。ところで日本はどうだろう。あまり進んでいるとは思えない。

人々は親切だった。目的地を言えば教えてくれるのは当然だが、現地まで同行してくれる。忙しい人でも紙に書いてくれる。私は日本人だと言えば大変喜んでくれた。外貨を落としてくれるからだろう。

ファッションもすばらしい。背の高い美女がさっそうと歩く姿はまるでモデルさんみたいだった。私から見ると皆美人だ。男性もほとんどがハンサムであった。

ただ第一次世界大戦や第二次世界大戦は大変だったという。特に第二次大戦では一九五五年まで英米仏ソによる分割統治を受け、不自由な生活だったことを語ってくれた老人もいた。皆、自国にプライドを持ち、歴史には詳しかった。ローマ帝国時代からフランク王国、神聖ローマ帝国の歴史を生き生きと語っていた。

市役所へ行く。やはりそのような記述があった。幸運にも英語のパンフレットも日本語もあり、理解するのに苦労はなかった。ただある人がオーストラリアと間違えられるのは残念だ、綴りや発音が似ているからだと言っていた。

おもしろいのはオーストリアの土産物屋で「カンガルーに注意」とか「オーストリアにカンガルーはいない」と書いたTシャツが売られていた。オーストラリアと国名が似ているからだ。

しかし秋はもう寒かった。気候は大陸性気候で、夏と冬の気温差が激しい。標高も高く、低気温である。夏は涼しく、冷房はあまり必要としない。乾燥していて過ごしやすい。最高気温が三〇度を上回ることはまずない。

芸術好きな方、甘いものやワインの好きな方にはおすすめだ。もちろん和食もあちこちにある。もう一度訪問したい国である。

ドイツをあちこち

　ドイツは言わずと知れた音楽の国である。オーストリア、イタリアと並んでどこにも音楽堂があり、広場ではアコーディオンの音やバイオリン、ギターなど盛りだくさんの音が聞こえる。

　私は何度ドイツへ行っただろうか。若き時代、二十代にはハイデルベルグの学生街で皆と食事をしたり、ピアノやチェンバロをひいたりして楽しんだ。

　フランクフルト空港は大きな国際線で、今でもその役目を果たしている。この空港からはドイツのどこへでも乗り換えて行ける。

　私の好きな町は最近行った東ドイツのライプチヒだ。バッハのふる里、あの銅像が聖トマス教会の前に立っている。バロック時代の巨匠として三百年以上前から以後の古典派、ロマン派のお手本となった。ハイドン、モーツァルト、ベートーベンなど、常にバッハに戻って自分の音楽をみがいたという。いわばクラシック界の頂点の人だ。その下に幅広く有名な音楽家が末広がりに広がっている。

どこの教会にもオルガンがあり、その荘厳さは目を見張るばかり。いやそれだけではない。バックの壁には多くの絵画があり、教会によってはベラスケス、ムリーリョ、ルーベンスなどの有名画家の絵があったりもする。

私はライプチヒの聖トマス教会とニコライ教会に行った。前者には実際にバッハの演奏したオルガンがあり、ここは彼が週一度作曲したカンタータを演奏したところだ。その曲は今でもCDやインターネットで聴くことができる。いずれもカトリック系のすばらしい曲ばかりだ。

一方、同時代で活躍したヘンデルはプロテスタントとして新境地を開く。有名なところはメサイア。あの荘重な短調の序曲から始まって、四番「見よ、神の栄光は」という合唱曲。キリストが生まれる曲を作ったもの。三拍子で喜びに満ちている。

次にヘンデルが活躍した教会は近くのハレにある。当時、ドイツではバッハよりヘンデルが上位にあった。収入も多く、イギリスからもオファーが来て、後にイギリスの人となった。ビッグベンの下にはヘンデルが眠っているという。どちらも巨匠で優劣はつけがたい。

こういう都市はドイツにはいくらでもあり、例えばザルツブルクはモーツァルトの活躍舞台である。ついつい有名な都市に目がいきがちだが、ドイツには小都市、いや町というか村というところもおもしろい。

例えばハーメルンという町。小さな町だが、笛吹き男で有名だ。とにかく昼はいろいろな職業の方が昼になると広場に集合し、笛の演奏が始まる。装いは中世の貴族のようだ。その装いだけでも目を楽しませる。日本でいえば鎧兜を着けて角笛で、広場で演奏するようなものだ。これを日本人で毎日昼にやる人はいるのだろうか。

まだある。中世の雰囲気を漂わせる町、ローテンブルク。多くの画家が訪れ、私もここでヨーロッパの中世を味わった。馬車が多い。古い教会や古道が昔のまま残っている。第二次世界大戦でもここは被害がなかった。日本と違ってドイツ、イタリアは連合軍も遠慮したらしい。

アウグスブルグは中世ハプスブルグ王朝の元、フッガー家という大富豪がいた。十五世紀、ヤコブ・フッガーがベネチアとの香辛料や木綿、麻織物などの交易で財を作り、チロル銀山の経営権を独占したという。イタリア、フローレンスのメディチ家と同様、巨満の富を築いた。こうしてドイツは栄光の時代を過ごし、多くの芸術、文学を生んだ。

ドイツはヨーロッパでも私の最も好きな国だ。第一次、第二次世界大戦で敗戦国となっても復活し、今日でも先進国としてその実力は揺るぎない。日本同様、敗戦から真っ先に立ち上がったのだ。勤勉で礼儀正しさがあった。

町は美しくゴミは見られない。日本そっくりだった。おそらくヨーロッパで一番の清潔な国かもしれない。そんなドイツにまた行きたい。今度はベルリンの壁を見て、ブランデンブルク門をくぐりたい。

クラシック音楽とは

世に言うクラシック音楽は、今やテレビのコマーシャルにも登場する。私のよく聞くコマーシャルはショパンの二十四のプレリュード、バッハのトッカータとフーガ。これを「ティラリー、鼻から牛乳」と歌ったコメディアンがいた。そしてワーグナーのワルキューレ、ホルストの惑星など、まだまだいっぱいある。こんなにあるのに、コマーシャルで聞けばいい曲という人が、クラシック音楽と向き合うと顔をしかめる。これはいかがなものか。

ともあれクラシック音楽好きな私は体系的に歴史的な流れに沿って考えてみた。スタートはどこか。とても古いが、とりあえずの西洋音楽として、グレゴリオ聖歌を取り上げてみたい。

この曲は単旋律で、私も楽譜を持っているが、五線紙ではなく四線紙だ。しかも、旋律の区切りはなく、音符もない。その素朴さは力強く、眠りの時にラジオやインターネットで聞き流しておけば、自然に眠ってしまう。宗教音楽の原始的な姿である。吟遊詩人がシルクロードを通って来た時に歌われ、ラテン語で歌っている。

驚いたことに、これは日本にも伝播し、隠れキリシタンの島、五島列島に伝わった。今でも、老人が歌っており、ヨーロッパでは既に失われた発音や抑揚が完璧に残っているという。イタリアの宣教師がこの事実に驚き、学会で発表したともいわれている。

その伝統を受けついだルネサンス音楽は、その名残をもって、十五世紀から十六世紀に花開いた。フランドル楽派のデュファァイやオケゲム、ジョスカン・デ・プレ、他、フランス、イギリスの作曲家を多く輩出した。次いで本格的な宗教音楽は何といってもバッハ。ヘンデルを経て宗教性の高い音楽、特にオルガン音楽が発達した。また彼らは国王の保護の元、高い報酬をもらって自由に作曲を楽しんだ。次いで古典派と言われるグループ。ここには宗教よりも娯楽性が尊ばれた。特にモーツァルトの歌劇、フィガロの結婚は、当時のドイツ、オーストリアの様子を表し、日本の歌舞伎のようである。

この流れは次に続く。モーツァルトの先輩、ハイドンはベートーベンに目をかけ、ベートーベンの音楽は一世を風靡した。彼は孤独で、頑固だったが一途に音楽を愛し、交響曲、ピアノ曲、弦楽曲など多彩な分野で活躍した。小品も美しく、「エリーゼのために」はピアノの初期の練習曲として全国で弾かれている。

彼を受け継いだのは、ショパン、リストといった、パリの社交界のプリンスだ。格好よさが前面に出て、特にショパンは男装の麗人ジョルジュ・サンドとの愛をむさぼった。マジョルカ島（スペイン）の雨の日の思い出を二十四の前奏曲として、音楽にした。私も初級ピアノだが、これは弾けた。ただ、中間部の暗い音階に多少の苦難があるが、まあ一、二回練習すれば弾ける。人によっては初見でもできる。

一方、リストはピアノの達人で、あの「ラ・カンパネラ」の難しさはピアノ曲の最難関だ。しかし、辻井さんやフジコ・ヘミングは何ということもなく弾いている。私はどちらかというと、変人ヘミングの方が好きだ。

その後、音楽はワーグナーのように劇的な音楽へと変わった。これは当時、大衆を意識している。また、曲の時間も長い。その後、民族音楽へと移った。グリーグ、チャイコフスキーなどだ。ボヘミアを愛し、人間の苦労がにじみ出る音楽だ。ドボルザークの「新世界より」は、後期ロマン派の代表曲で、チェコ国民楽派である。アメリカ大陸開拓の曲である。

その後、ブラームスが登場、かたくななドイツ音楽で、ベートーベン、バッハを愛した。ブラームスのドイツ・レクイエムは私の好きな曲で、三楽章と五楽章は感動的である。しかしバッハに追いつけないことをかなり悩んでいたらしい。彼は絶対音楽で、音のみを追求し大衆を意識することを嫌った。特にワーグナーを嫌った。

そしてストラビンスキー、マーラーなどのロシア音楽が席巻し、それはジャズにも、黒人音楽、ポップス、現代音楽へもつながっていく。それはビートルズ、クイーンといった曲へつながった。これらは複合音楽と言われる（ストラビンスキー以後）。

結局、クラシック音楽とは古くなった音楽のことで定義はないと思う。あと数十年もするとビートルズ、クイーンもクラシック音楽の仲間入りをすることになるのだ。

ブーニンとの出会い

天才ピアニスト、スタニスラフ・ブーニンという人の話。ショパンコンクールで優勝、私はそのビデオを見た。特にショパンの猫のワルツのスピード感あふれる映像は今でも頭に残っている。彼の演奏は誰もが驚き、十九歳の若さがあふれる演奏だった。奥さんが日本人であったこともあるが、日本に特に愛着を持ち、今では東京世田谷に会社を持っている。奥さんはフリージャーナリストだが、ブーニンの猛烈アタックに折れたという。彼女は特殊な理解があった反面、自らの仕事を忘れることもなかった。

彼は左足を骨折して大手術をし、九年間の空白の後、再度世に出る。スイーツ好きで日本に溶けこんだ。左手も突然動きが悪くなったという。音楽家というのはそうしたものかもしれない。ある意味で風変わりであの歌いながら弾くグレン・グールドに似たところもあるが、頭はまともだ。

彼は練習のためホールを買い取ったり、話しかけないような掲示を出して練習をする。左足は特製の靴をはいて演奏する。ペダルを踏むだけではなく重心を支えるためでもあるらしい。左手のパワーがなくなった分右手でカバーする。昔とかなり違うことは私でもわかる。

彼のピアノはヤマハでもなくベーゼンドルファーでもなく、スタインウェイでもない。イタリアの「FAZIOLI」だ。どこでもこれで演奏する。長いピアノである。太ももで左足を使うが、甘いもの好きの彼は糖尿病にもなっている。ケーキを必ず食べるらしい。

辻井伸行氏は小さい頃、彼のCDを食い入るように聴いていたという。同じショパンを愛するからだ。ブーニンにレッスンを受けた日本人は多く、その後、国際コンクールでも上位にいっている。ジャズの山下洋輔氏も彼に感化されたという。高校生にも教えており、賛美歌をよく取り上げているらしい。

日本の自由な空気がソ連と違うことで、これが日本好きの要因ともいう。ソ連ではブーニンの報酬を横取りし、外貨を獲得していたという。暗くモラルもない政府に対して心がさめたらしい。フランスで音楽家と飲食していたらソ連の国家保安委員会の人が来て何かを後ろから引き出そうとした。こういうこともありソ連では心を開かなかった。

時はゴルバチョフのペレストロイカが叫ばれたが、自由はなかったという。政府はこびを売る音楽家には多くの恵みを与えたが、さもなければ貧しい生活をさせた。そして母を連れて日本へ亡命。

八ヶ岳高原音楽堂を例のピアノと共に演奏の中心とした。演奏日は全国各地から人が集まるという。この時はショパンではなくシューマンの「色とりどりの小品」。優しい弾き方だ。しかし自らはへたな弾き方だと思って、アンコール曲は演奏しなかったという。この曲は息子にピアニストになるために厳しく教えこんだ曲でもあるという。彼は楽しく弾いていた。あのグールドが歌うように。

そうだ、音楽とは音を楽しむと書くのだから、一人一人のピアニストは違うのだ。彼は年をとった。腕も落ちたかもしれない。それでも彼は輝いていた。ピアニストはこうした輝きを持ち、グールドと違ってフォルテを愛したのだ。弾き方もねこ背で鍵盤から三〇センチほど離れ、他のピアニストは目をつぶったり上を向いたりして演奏するが、一心に鍵盤を見て弾く。

彼は京都、東京の天プラを愛し、温泉を愛して今日もまた日本のどこかをさまよう。

ケルンのビール

ケルンは第二次大戦で町の九割が崩壊した。日本と同様の空襲に遭うが、復興は早かった。

そんな中で一軒の有名なビールを飲むところ、市民の集合場所は朝十一時になると満席、しかも毎日だ。ここはミュンヘンビールと違ってグラスもビールの味も違うらしい。五〇〇ミリの小さなグラスである。

聞けば大ジョッキだと炭酸が抜けるので小ジョッキがいいらしい。そしてビールのつまみは大カツレツと大量のポテト。二〇〇〇キロカロリーを楽に越える。なるほど客は皆太っている。

その会はなんとも笑える。テーブルにつけば初対面でも旧友と同じ。ロビーさんという人が主だが、彼らは彼の登場を待っている。ロビーさんはすべての席に、まるでわんこそばならぬ、わんこビールを岡持に入れ回る。そしてコースターに線を引いて数を引いていくという。

ボールペンも必需品だ。お返しのビールもいただく。多い人は一人五十杯も飲むという。毎日大変だ。肝蔵は大丈夫かな、とよけいな心配をしてしまう。それでもロビーさんは最近死んで、ビール会社の人が後をついでいるという。

もちろん昔のままだ。建物はボロボロ、外の看板は何が書いてあるのかわからないという。あのビル・クリントンアメリカ大統領が行きたいと言っていたらしい。店主は「誰でもいい。すわればいいさ」と言って、誰にも平等でやっている。気概のある人だ。

今日もまたケルンは大勢の人でにぎわっていると思う。朝十一時から夜九時まで、私も是非行ってみたい。その後、ケルン大聖堂を訪れるのだ。

ロワール古城

ロワール川には多くの城がある。南から北へ流れ、その流れに従って城々が登場する。まず南からだ。シノン城はジャンヌ・ダルクが通った門がある。王太子シャルルと面会し許可を得て、オルレアンへ行く。イギリスとの戦争だ。次はロシュ城。彼女は一週間でイギリス軍の包囲を解く。ジャンヌの説得で戴冠式をし、シャルル七世が誕生する。後にシャルル七世はこの城に自分の愛妾アニエス・ソレルを住まわせる。後に王の力の元に絶大な力を持った。但し彼女は水銀中毒で何物かに毒殺された。次は、ザ・シャリアンテ城。ジャンヌの時代はイギリス軍についていた。城は厚い壁がそびえている。

次にシュリー・シュル・ロワール城である。失意のジャンヌが滞在して捕らわれた城だ（一四三一年）。

このあたりからロワール渓谷が始まる。次はシャンボール城。この城はフランソワ一世のために建てられた。レオナルド・ダ・ヴィンチの構想で、ロワール城の中でも最大の規模と威容を誇る。ルネッサンスの代表的建築で、芸術と文学をこよなく愛した支配者の権力の象徴である。レオナルド・ダ・ヴィンチの銅像がある。

次いでヴィランドリー城。ルネサンス様式の美城。城主カルヴァロ氏のもので、庭園は観光客に一般公開されている。

ロワール中下流の城である。続いてアンジェ城である。この城、メーヌ川に突き出た岩壁の上のアンジェの要塞は戦略的な防御の観点からローマ人が住み着いた場所だ。九世紀にはアンジュー伯の支配下だった。そして十二世紀にイングランドのプランタジネット家の一部となる。一二〇四年、この地はフィリップ二世によって征服され、孫のルイ九世によって城が作られる。一七の巨大な塔で防御されている。

続いてソミュール城。一〇二六年にプランタジネット朝後継者のアンジュー伯フルク三世の遺言によって作られた。

以上、いろいろと紹介したのだが、私が訪れたのはわずか三つ。まだまだ行く場所があると改めて思った。

料理の話

ドイツの童話にヘンゼルとグレーテルという話がある。

継母と優しい父親に育てられた。しかし大飢饉がおこって、木こり一家はとうとう食べる物がなくなった。妻は二人を森の奥に連れていって食事を与えず、自分たちだけでパンを食べようとしていた。二人の子供はそれを知って、とにかく逃げようと森の奥へ行く。父は自分の食べる分を二人にやって一日でも生きてほしいと願う。

二人は森で一軒家にたどり着くが、そこは恐ろしい魔女の家でおかしやクリームでできていた。大変腹が減っていた二人は、家のあちこちを食べていく。魔女は逆に喜んだ。久しぶりに小さな子供が食べられるからだ。魔女は人食い女だった。初めは優しくし、大きく太らせて特にヘンゼルを狙っていた。

数ヶ月が過ぎると二人はみるみる太っていった。まるでブタの飼育のように。そしてある日、時は今と思って魔女はまずヘンゼルを食べようとする。彼は逃げようとするが家には鍵がかかっていた。どうしようもない二人は追いつめられた。

竈に火がついた。ここで煮殺されるのだ。後ろを向いた魔女を二人は体あたりをして竈に入れ、ふたをした。そしてドアを破って逃げ出した。二人が家へ帰ると、継母は死んでいた。一人暮らしの父と二人はその後平和に暮らした。これがグリム童話のヘンゼルとグレーテルの物語である。

今、NHKでおかしやケーキの作り方を指南している番組がある。外国人の女性が作っていて見ていて楽しい。グリム童話を思い出しながら見ている。これを参考に私もおかしを作ろうとするが、何しろ私たちは二人暮らしで妻は酒飲みのため、ケーキは嫌いときている。それならばということで、私はヘンゼルの役となって「ヘンゼルの竈」と勝手に命名してレシピを考えている。和食は世界の健康食品として認められ、また美食である。魚、肉料理や中華、洋食、変わったところでは昆虫食も最近評判だ。まず和食から私の勝手な作り方を示そうと思う。

キャベツは手頃だ。キャベツと鶏肉の味噌妙めといこう。キャベツの葉三～四枚、鶏もも肉を少々。ピーマンまたはシシトウを少々。更にショウガ、味噌、砂糖、酒、しょうゆ、塩サラダ油を大さじ一とする。そしてニンジン、木綿豆腐、ゴマを用意する。豆腐は厚みを半分にしてペーパータオルで包む。約十五分。黒にんにくを私は入れるが白にんにくでも良い。サヤエンドウを入れてもよい。熱湯でニンジンを二分ぐらいゆでて水を切る。ボールにゴマ、豆を入れて全体をなじませる。残りはすべて一気に入れる。いろいろな作り方があるだろうがお好みでいい。これで二人分だ。

次はキャベツと鶏肉のミルクシチューだ。これもよく作る。自己流であるがおいしい。キャベツの葉やや多め、四~六枚。鶏もも肉二〇〇グラム。牛乳一カップ、塩こしょう少々。小麦粉ひとさじ、バターかマーガリン小さじ一、サラダ油は大さじ二分の一。キャベツは芯を切って三~四センチに切る。肉はそのままでいい、めんどうくさいからだ。六~八分に切って塩小さじ少々。フライパンにサヤエンドウ、オリーブ油か米油で中火でいためる。鶏肉は焼き色がつくまで焼いてから小麦粉を入れる。水二カップで煮る。とろみがつくまで混ぜる。キャベツを入れてふたをして弱火にする。キャベツがしんなりしたら牛乳投入。その後バター、塩二分の一、こしょうを入れてなじませる。料理はなべぶたが命だ。

次はキャベツとエビのアンチョビだ。炒めてエンドウ豆を好きなだけ塩で煮る。こしょうはお好み、酒、片栗粉小さじ一。オイルは何でも適当。キャベツを一口大に切りエンドウはへたと筋を取りエビは殻をむく。ボールに塩、片栗粉小さじ一。オイル適当。こしょうも適当。火を入れる。中火で煮る。エビを投入し、エンドウを妙める。水大さじ一を加えてなべぶたをする。一～二分むし焼きにして、アンチョビを作る。こしょうを入れて自己流は終わる。

次はもやし料理だ。もやしと卵のしょうがあんかけといこう。もやし一袋、卵二個、豚こま切れ肉一〇〇グラム、しょうがあん用として水三分の四カップ、しょうがすりおろし小さじ二分の一、しょうゆ小さじ一、水とき片栗粉大さじ二分の一、水大さじ一、塩、こしょう、サラダ油である。もやしはひげ根を取り、ボールに卵を割りほぐし、塩少々。豚肉は一センチに切る。水溶き片栗粉を投入。フライパンに油を中火で熱し、豚肉を入れて妙める。もやしを加えて二分ほど妙め、塩小さじ四分の一、こしょうを入れる。卵液を入れ半熟状になったら器に盛る。しょうがあん用の材料を入れて混ぜ中火にかける。煮立ったら水溶き片栗粉をもう一度混ぜてとろみをつけて器に入れる。これでよし。自己流。

次は豆腐とシイタケのめんつゆ煮だ。私の友人に毎日キノコ採りに行く方がいる。里山に行けば必ず採れる。運良く赤松に出会えばマツタケが採れるらしい。それらの食材をいただいたので次の料理を作った。シイタケは軸を切り、薄切りにする。三ツ葉またはシソを長さ一・五センチくらいに切る。鍋に煮汁の材料を入れ、中火で煮立てる。豆腐をスプーンで大きめにすくって加え、シイタケ投入後三分煮る。仕上げに三ツ葉を加えて火を通す。おわり。材料は木綿豆腐一丁、生シイタケ二個、三ツ葉二分の一束、めんつゆ三カップ、水一カップ。

最後にトマト料理、トマトとアボカドの和風タルタルサラダでいこう。トマト一個、アボカド二分の一、ゆで卵一個、しばづけ一五グラム、マヨネーズ大さじ一。トマトはへたを取って半分に切り、横に幅1センチに切る。しばづけは適当に刻む。ゆで卵はボールに入れ、フォークで刻む。マヨネーズを投入して和風タルタルを作る。トマト、アボカドを交互に器に盛り、和風タルタルを作る。

まだまだ紹介したい料理はあるがもうこのあたりで止める。

イタリアをあちこち

イタリアは南北に長い国で長靴の形をしている。北と南では全く気候が違う。北のミラノはアルプス山脈の近くでかなり涼しい。一方、南のローマは地中海に面し、魚貝類も豊富で、ギリシャ、スペインと並んで美食の国である。

イタリアは何回行っただろうか。その陽気な気質は旅行者を明るくし、すばらしいテノールでどこでも歌っている。

私は妻とまずローマへ行った。トラットリアではマスターがピザとパスタ、そしてパエリアのメニューを見せ、どれがいいかと聞く。私たちは何かもわからず、えいっと指さしたパスタは旨かった。魚貝類のナポリタンで、しかもビッグサイズ。二人で二つ頼んだのは間違いだった。

ドイツと違って気質はいいかげんで、町中にゴミが散乱し、お世辞にも美しい首都とはいえなかった。しかしローマの休日に出てきたオードリー・ヘプバーンのスペイン階段で、ジェラートを食べた時は感動だった。また、トレビの泉で床屋があったところは、今は別の商店になっていた。泉はやや小規模で少しがっかりした。

裏道を歩く。洗躍物がビルとビルの間にかけてあり、共同体を感じた。パンツやらシャツが無造作に干してある景色はなんともおおらかだ。

ローマ中心街にハドリアヌス城がある。ここもローマの休日ではサンタンジェロの祭りでヘプバーン（アン女王）とグレゴリー・ペック（ジョー・ブラッドレー）がさんざん大暴れしたところで、城の上から見ればその位置を特定することができた。ハドリアヌス城から見る景色はすばらしく、遠くにサンピエトロ寺院も見えた。

真実の口へ行く。ヘプバーンが驚いたところだ。柵におおわれているが中には入れる。私たちも手をいれる。じっと自分を見つめて、うそは言っていないか考えた。その時、妻が「わっ」と肩をたたいたのでびっくりして思わず手を抜く。あの口は恐怖の口だ。中は真っ暗で確かに恐怖感がわく。

おみやげに真実の口のレプリカを買って家に飾ってある。うれしかったのは市内観光でヘプバーンが酔っ払って暴れたグレゴリー・ペックのマンションの前を通ってくれたこと。何の変哲もないマンションだが、あの口うるさいばあさんは確かにいるような気がした。

そしてその後、ナポリ、ポンペイへ行く。「ナポリ湾を見て死ね」というくらいだが、夕日のナポリ湾は絶景だった。銀色の海のさざ波が太陽の光を受けて、まぶしい。思わずうっとりとしていく。空は快晴で雲一つなかった。今から十年程前のことだ。

次はポンペイ遺跡だ。ベスビオ火山が大きく欠けて、爆発の大きさを物語っていた。この火山灰で多くの人々が死んだのが、皮肉にも千年以上前のローマ帝国の姿がそのまま保存された。男性と思われる人が、妻や子供の上にかぶさり、家族愛の強さを感じた。世界中の人々はやはり家族を大事にし、特に男性は家族を守ろうとする意識が強い。これはうれしいことだ。

イタリアはまだ行っていないところばかり。シチリア島へも行きたい。イスラム帝国の占領を受けたこともあり、異国情緒に溢れている。この混合は不思議な魅力があり、スペインのアルハンブラのように何か悲しい出来事を予想させる。当然殺し合いはあっただろう。多くの血を流して今日の姿がある。

とにかく食事が良かった。景色、歴史、音楽、絵画、人々共に申し分ない。再度行きたいが日本から十二時間はかかる。六十五歳の私が往復するのは大変だ。それでも気持ちはまだ若いつもりである。残りの人生と相談してチャレンジしてみようと思う。

ベルサイユ宮殿

ベルサイユ宮殿はルイ十四世が建造した。宮殿は九百もの部屋があり、地方の有力貴族の部屋もある。私はここへ三度行き、いずれも感動することばかりだった。ここは宮殿だけでなく、庭もすばらしい。順を追って見てみよう。

当時、フランスは権力を一極集中し、絶対王政でその象徴的な建物がベルサイユ宮殿。社交場でもあり、いろいろなマナー、エチケットがあったという。彼は開かれた王朝を目指し、民衆とふれ合うことを大変喜ぶ人だった。他の絶対王政の国の王とは大変異なっていた。

公園のファサード（建築物正面のデザイン）は四〇〇メートルでシンメトリーだ。もちろん庭もそう。フランスはシンメトリーが大変美しいとされ、イギリスや日本と大きく違う。日本で美しいとされるのは非対称だ。

儀式や外国の賓客を謁見するために使われた鏡の間は第一次世界大戦後の対ドイツとの講和条約を結んだ場所だ。後にルイ十四世はスペインとの王位継承争いの際、これらを売って戦費にしたという。

噴水庭園は宮殿より多くの労力が費やされたという。宮殿は二万五千人、庭園は三万六千人だ。彼の願いは「水なき地に水を引く」こと。古代ローマ帝国にならって巨大な揚水装置を設置した。そういえばベルサイユの意味を調べたところ「耕作のために焼いた野」ということだった。水がなかったのだろう。

また、「貴族を従わせる」ことも忘れなかった。フロンドの乱で貴族の反乱を受け、それを打ち破った。結果、このことが絶対王政の確立となった。またギリシャ神話の銅像や絵が多くあり、宮殿というより博物館や美術館のようだ。更に「民衆の心をつかむ」ために誰もが宮殿に入ることを許可した。そして散歩の指南書を作ってどこから何を見るとよいか、またふり返ってどこから見ると美しいか、などという細かな指示まで書かれてある。

思想に遊ぶ

読書への思い

私は小学校時代から読書が大好きだった。

特に『二十四の瞳』（壺井栄）を読んだ時、涙が出た。今でもその本は涙のあとがついている。小学校五年生の時だ。以降高校、大学、社会人そして退職後の現在も本に取りつかれている。

最近は『風の王国』（五木寛之）である。二上山に登る「走る女」やへんろう会の人々は不思議な展開だ。また全体に展開する奈良の景色が想像されて心地よい。

次なる本は小泉八雲の怪談物だ。『平家物語』や、ろくろ首など取りつかれる人間の性がいとおしい。紀伊の国の坂で女がのっぺらぼうになって火が消えるところは思わず怖くなった。

次に好きな本は中国の『三国志』である。桃園の誓いで結ばれた劉備、関羽、張飛が漢の国を再興しようとして義兄弟の契りを結び、徳をもって諸葛孔明を軍師に迎える。三顧の礼で迎えた軍師はいろいろな難題を解決し、あと一歩というところで、五丈原で命を失う。私は夢を果たせなかった孔明に無常を感じるのだった。

その後、時代は魏の国のものとなり、当時の魏の一族が「魏志倭人伝」に登場する。日本の古代史がわかる唯一の書物だ。読めば当時の九州地方や島々がよくわかる。大和の成立が垣間見えてくる。

男王が登場するが倭国大乱となり、女王でもって鎮まる。その後、蘇我、物部、大伴の争いの中で聖徳太子が登場し、十七条憲法の制定で立憲民主制となった。世界の文明国の仲間入りだ。このあたりは教科書でもよく出てくるし遣隋使の話もよく知られる。

私は古代史が好きで日本でも世界でも古代の物語を読んでいる。日ユ同祖論も大変興味深い。正倉院の中にあるペルシャのじゅうたんや中東の宝物を見る時、シルクロードを通って相互に行き来したことがよくわかるのだ。

日本の成立に力を貸したと思われるユダヤ人、例えば神社の入り口にある狛犬はどう見ても犬ではない。獅子も犬ではなくライオンである。ライオンは中国にはおらず中東にいる。エジプトのスフィンクスが原点だろう。

ユダヤ人が日本にやって来たのは当然シルクロードを通っている。旧約聖書では十の部族がいてその後突然いなくなったとある。しかし突然消えるわけはない。途中で各地に分かれ、その一派が日本にやって来たのだ。それも長い年月をかけて。

最初はどうやら北海道に到着したらしい。ある文献では北海道は突然人口が増え、その後人々が南下したらしい。確かにアラブ人のまゆ毛はアイヌ人のまゆ毛に似ているし、鹿児島人のまゆ毛にも似ている。

その後、日本の中心には中国やモンゴルの人々が流れてきて、ユダヤ人はいなくなったか同化していったのだろう。更にハワイにもまゆ毛の太い人々が今でも居住している。文化人類学上も関連性ありとされているらしい。私の祖母も鹿児島出身だが、よく見ればまゆ毛は太かった。

明治時代初期の本に目を通すと、薩摩藩、長州藩の人たちがいろいろな足跡を残し、そのおかげで今日の日本が成り立っている。特に薩摩藩の活躍は多大で、今日の日本の礎を作っているのはいうまでもない。


本は心に栄養を与え、考える力をわかせてくれる。本を読まなければ何も向上しない。

そういえば大学卒業の時、学長がこうおっしゃった。

「諸君。卒業おめでとう。これからがいよいよ勉強の時だ。本を読み、世界に貢献してほしい」

慶應大学の石川学長の言葉である。同級生の集まりがあるとこの言葉で盛り上がる。今でもこの言葉を私は守っている。

悪魔の誘惑

この世のものは不浄だと観察しながら暮らし、感覚器官を正しく防御し、食事の節度を知り、信頼の心をもって努力を続ける者は風が吹いても岩山がびくともしないように、悪魔が来ても動揺することがない。

ブッダはこの世を不浄だととらえて生きれば、悪魔の誘惑にも打ち勝てると考えた。この世は浄らかだと観察しながら暮らし、感覚器官を防御せず、食事の節度を知らず、怠けて反省しない者は悪魔が来ると逆説を言っていた。古代インドでは悪魔のことをマーラといい、人が悟るのを防害する悪役、世俗のものごとに惹かれ、節度を忘れてむさぼる人には悪魔が忍び寄ってくるという教えだ。

私には少しぴんとこないが、それでも節度を守らないと体に変調を来したり（酒）、友人を信頼しているので、きっと悪魔は来ないだろう。当然私はこの世は不浄だと思い、清らかな世では魚も住まないのだ。

苦心の中にある幸せ

あれこれと苦心している中に、とかく心を喜ばせる面白さがあり、逆に、自分の思い通りになっている時に、既に失意の悲しみが生じている。幸不幸は見極めがたい。人生は幸不幸の連続だ。

わらしべ長者という話もある。これは一本の藁がいろいろな物と引き替えられ、最後は家になるという話だ。通りがかる人の偶然によって、どんどん金持ちになっていく話。人間の人生はわからないということである。

中国の『淮南子《えなんじ》』にある諺「人間万事塞翁が馬」を見てみよう。中国の北方に占いの巧みな老翁が住んでいた。その老人が飼っていた馬が突然北方へ逃げた。村人は皆何と不幸なことかと老人を慰めた。しかし老人は「どうしてこれが福とならないことがあろうか。きっと福は来る」と言った。数ヶ月後馬は北方の駿馬を連れてきた。村人は祝ったが、老人はそうではないと思った。老人は皆と禍福が逆なのだ。やがて戦がおこったが、老人の身内はけがをしていたので戦争に行かず、行った者は皆死んだという。

これを人生にあてはめれば苦労している時は悲しみに満ちているわけではない。明日を夢見て働くのだ。その時は労働に充実感がある。酒を飲めば酔ざめの悲しみを知ることと、佐藤春夫が「病」という詩の一節を書いたことを思い出した。

本当の敵は自分のこざかしさ

利益追求の欲望の心はすべてが本心を害するわけではないが、意固地な意見はかえって心をむしばむ害虫である。孔子はこう言っている。

「君子は義に喩り、小人は利に喩る」

君子は正義に通じて、小人は利益に明るいと。これに対して人間の本心を無残に損なうのは意見である。他人のことを考えない自分中心の気持ちを意味する。唯我独尊ということだ。更に洪自誠は「こざかしい知恵は道の障害物」ということ。欲望は調整すればいいが、欲望とかけ離れた意見は聡明を失う。周囲への攻撃は自分の心にも突き刺さるのだ。

悪党を追いつめない

悪人を排除し、へつらい者をなくすには彼らに一本の逃げ道を設ける必要がある。窮鼠猫を噛むのたとえだ。私はいろいろな書物を読むうちに、そのことがよくわかった。

立派な武将は一本の門を開いていた。城攻めの時だ。もし四方を囲い、全滅させても、その子孫は恨む。そうなると勝者であってもどこかで毒殺されたり、何がしかの災難に遭う。道を残して彼らを味方にする方策は、強い大将の要件だと思っている。

『三国志』の孔明は、南伐の時、南方の孟獲を七度許した。殺さずに生かした。孟獲は心から孔明に頭を下げ、南蛮地方を治めたという。これは一道をあけるだけではなく、人を許して使うということだ。先程の性善説とも似ている。

また孫子の兵法にも、上兵は謀を伐ち、次は交を伐ち、次は兵を伐ち、下は城を攻める、とある。最上の軍のあり方は敵の謀略を見抜いて未然に防ぐことだとある。下策は敵の城をうち、根だやしにすることだと言っている。十倍の兵力を持たねば城攻めをするな、と。さもなければ籠城を決めた相手は必死に反撃し、味方にも死者が出るからだ。

長続きする幸せ

苦しんだり楽しんだりして修練し、きわめた後に得た幸福は長続きする。疑ったり信じたりして考え抜き、考えた後の知識であって初めて本物だ。道端で小耳にはさんだ話をそのまま道で別の人に話して聞かせること。つまりたまたま得た知識をじっくりと考えることもなく、受け売りで他人に話すとろくなことはない。

孔子はこう言っている。「子曰く道に聴きて道に説くは、徳を棄てるなり」と。

幸福と知識は長続きする方がいい。だが人はとかく手っ取り早い方法でこの二つを得ようとする。棚ぼた式の幸せを喜び、付け焼き刃の知識を楽しむ。その結果、幸せは長続きしない。知識も定着しない。

幸せになるには修練することだ。苦労と楽しみを何度も繰り返せば自分をみがくことができる。その結果、得られた幸せは長続きするであろう。手軽な幸せはやがて去っていく。

もう一つ、苦心だ。時に疑ったり信じたりして考え抜いて知識を身につけていくのだ。

それは本物だと思う。考という漢字はもともと「亡くなった父」の意という。この字が

「おいがしら」の字で老と形が似ているということを連想すると、おいがしらの下の部分は曲がっていることを表わしているという。そこからこの文字は「かんがえる」という意味を表すこととなったらしい。

「考」とは安易に対象に近づくのではない。まわり道をしながら核心に迫っていくのだ。

中国の科挙のことを科考ともいうらしい。今でも試験のことを「考査」ともいう。

ブッダに学ぶ

◆ものへの執着◆

人々はこれは自分のものだと執着したもののせいで悲しむ。なぜなら手に入れても、それがそのままいつまでも続くことはないからだ。これは本当に消滅していくものなのだと見たなら在家生活を続けていてはならない（在家生活とは一般に公職につかず、民間で活動する人物や団体。一般的には政府以外の民間団体）。

ブッダの仏教が出家を基本にするのがよくわかる言葉である。人はこの世で様々なものに慣れ親しむ。親しみをもつこと自体が悪いことではない。慣れ親しんだものに固執し、我がものであると錯覚すること自体がこの世への執着を生む。その対象がなくなった時、人は悲嘆にくれる。この世のものごとは常にうつろい、生成と消滅を繰り返す。この無常をよく知ることに出家の意味があるのであり、出家自体が目的ではない。

私はこの章を読み、考えた。出家、つまり一人で家を出ることだ。慣れた家から離れることは良いことだ。例えば親元を離れて一人暮らしをすること、地元から都会へ、またはその逆は今までと生活を一変させるだろう。私も大学時代、下宿したことは大きな実りだった。

◆善き指導者◆

自分の罪過を指摘し、叱ってくれる知恵深い人というのは、自分に財宝のありかを教えてくれる人と同じであり、そういう賢者に出会ったなら付き従って行け。そういう人に従えば、善いことがあり、悪いことはない。

自分のことはわかっているようでも、気がついていないことが多い。また、他人から自分の欠点を指摘されると、つい反発する気持ちが起こってくる。しかし都合のいいことばかり言う人より、自分の悪いところを指摘し叱ってくれる人のほうが、欠点を見直す機会を作ってくれ、自分を高めてくれる。仏教は本来誰の指導も受けず、たった一人で修行するといったことはない。

善い指導者につくことが仏教修行を完成するための必須条件だ。

◆真の友に出会う◆

びくびくしているくせに、相手の欠点ばかり探すような人は友達ではない。親の胸で安らぐ息子のようにして頼ることができて、他の誰にも仲を裂かれることのない、そんな人が友達だ。

母と子の情愛こそ、あらゆる関係において本質的に純粋なものであり、この心持ちであらゆるものに対すること、これがブッダの説く慈悲の心である。

現代でも友人関係、仕事の関係など、他者との関わりには喜びも多いが、それに劣らず苦しみもついてくる。母子のつながりのように、何者も断ち切ることのできない深い信頼で結ばれた友人こそが真の友である。

私は真の友人と言える人が二人いる。一人は大学時代のTという友だ。私が離婚で落ちこんでいる時、伊豆半島に連れ出して、励ましてくれた。苦しい時の友として一生忘れない。もう一人は三年前、大学の同窓会でHという友と出会った。彼とは月二回ほど飲みに行き、様々な相談をする。彼らなしでは私の老後はないのだ。

（『ブッダ100の言葉』佐々木閑 訳／宝島社を参考）

ブッダの名言を考えてみる

有名な言葉に「自分を救えるのは自分自身である」という言葉。仏教の真髄を表わしていると思う。善からぬことや、自分のためにならないことを行うのは簡単であるが、一方で善いことやためになることをするのは本当に難しい、と言われる。人はとかく、自分に都合のよい状況を真実だと思いやすい。また安易な道を正しいと考えようとする。だが結果的に自分のためにはかえって害となる。ブッダも厳しい苦行を六年間続けたが、間違いであることを悟り、菩提樹の下で精神を集中させ、瞑想に励み、あるべき自分の姿を見つめて悟りをひらいた。ブッダでも善いことを為すことは難しいのだ。

◆すべては自分の心がけ次第◆

みずから悪を為せば
みずからを汚すことになる
みずから悪をなさなければ

みずからを浄めることになる
きれいとか汚いというものは
各自のことである
人が他人を浄めることはできない

ブッダは人が悪に汚れて不幸になるのも、悪を退け幸福になるのも、すべて自分の心次第で、自分が決めていくものだと考えた。人は自分の意思で行ったことの結果から、決して逃げることはできない。まして他の誰かに責任転嫁することもできない。逆に言えば自分自身を浄化できるのも自分だけであって、他人には任せられない。自己を向上させるのは自分の努力のみである。

これは日本でいえば暴走族や、ヤクザにあてはまろう。自分の心が弱いか、向ける方向が違うと悪の道に入っていく。その後暴走族は年とともに目ざめ、商売をやったりして、まっとうな道へ行く者もいる。これはブッダの教えを自然に身につけている。

しかしヤクザの道へ行く若者も多い。刑務所を出てもまた元に戻ってしまう。社会が受け入れないからだろう。彼らを受け入れる社会があってこそ、ブッダの教えで更正できるというものだと思う。

◆実践しない怠け者◆

ためになることを
いくらたくさん語っていても
それを実践しなければ怠け者である
それはたとえば牛飼いが
他人の牛を勘定しているようなものだ
そういう者は修行者といえない

この後「ためになることを口先であまり語らなくても、法に従って実践し、貪欲と憎しみと愚かさを捨て、正しく気をつけていて、心が解脱し、執着することがない人は今世でも来世でも修行者である」と続く。修行はこの世のあり方を正しく観察する知恵を身につけ、自分自身を最良に向上させていくことだ。修行のためのノウハウをいくら知っていても、自分で実践しなければ何の意味もない。この話も私は耳が痛い。

私の家族は仏に帰依し、ある程度、自分では修行しているつもりだった。しかし生活は乱れ、好き放題のことをやっている。わずかに毎朝神仏に手を合わせ、時折、本願寺や先祖の墓参りをするくらいだ。これは修行者として下の下だと思った。

◆言葉によって負の連鎖を断ち切る◆

自分を苦しめず
他者を傷つけることもない
そんな言葉だけを語れ
それこそが正しく語られた言葉である

人は欲望に固執すると、しばしば他者を傷つけてまでそれを達成しようとする。しかもその欲望は決して尽きない。満たされることのない欲望の連鎖はまさしく、苦悩の源泉である。また傷つけられた相手はそれをいつまでも忘れず、恨みと憎しみにとらわれ、争いを引きおこす。言葉は恐ろしい凶器である。この欲望の連鎖は怒りや恨みの連鎖を引きおこす。正しい語りが怒りを起こさないのだ。

この問題は世界に満ちあふれている。アメリカの白人と黒人の問題。人種差別でどれほど黒人の方々は怒り、憎しみを持っていることだろう。私も小学校時代、ある女の子に心ない言葉をかけてしまった。その子は大変苦しそうな顔をしていた。やがて転校した。家中に迷惑をかけてしまった。しばらくしてその子は結婚したと風のたよりに聞いた。よかった。この子に幸多かれと祈ったものだった。

母が、自分のたった一人の息子を命懸けで守るように、人はあらゆる生き物に対する無量の慈しみの心を鍛錬していかねばならない。ブッダの説く慈悲とは、母親が子供にかけるのと同じ愛情をもって、あらゆる生き物に接することである。母の愛情こそ、最も理想的な情愛のあり方なのだ。

慈悲の心は特に特別な修練を必要としない。あくまでも人々の生活の中で生かされ、心がけるべき教えである。南アジアでは多くの人々が日常的にこの慈しみの経を唱える。それがこれらの国々の国民性にも強い影響を与えているという。

先日、私はあるテレビ番組で曹洞宗の住職の方がオーストリアの若い女性に広島のある寺でお参りの仕方、そして食事の食べ方を教授する番組を見た。住職の行動は全くブッダの教えそのものだった。そもそも禅宗は肉類や魚は食べず野菜類のみだ。女性もベジタブル食で生活しているらしく、肉や魚は一切食べない生活が続いているという。

住職の教えはこうだった。一汁三菜。まず十五分瞑想する。食事中は無言で音を立てない。おはしは左四五度傾けてごはん茶碗に置く。食べる前も後も長い感謝の言葉をかける。野菜にも命があるからだ。オーストリアの女性は一生懸命に学んでいた。日本の奥深い精進料理を堪能していた。

◆欲望とは楽しみのない食事◆

たとえお金が雨となって
降り注いできたとしても
欲望は満足することがない
賢い人は欲望とは味わいのない楽しみだと知る

金持ちになりたい、美しくなりたい、おいしい物を食べたい、など人間の欲望は様々であるが、みな際限のないむさぼりである。とても欲しかったものが手に入ってもまた次のものがほしくなる。日本も戦後の復興から高度成長を経て大規模な開発を進めてきた。物質的な豊かさを求めた先は環境破壊や経済格差、貧困問題が出てきた。欲望とは味わいのない楽しみだ。

ドン・ファン事件の女性も、テレビでの『けものみち』も同じように「味わいのない楽しみ」だったのである。

債権回収時のあれこれ

私は銀行員時代、銀行から派遣されて住宅金融債権管理機構という国の設立した回収専門会社に出向した。三十九歳の時だった。全国の都市銀行、信託銀行、生保、地方銀行上位行から数名と国税庁、警察、弁護士などを多数出向させ、悪徳会社の債権を回収するのだ。

時は平成九年、当時は山一證券を始め、多くの都市銀行、建設不動産会社が倒産したバブル崩壊時だ。株価、土地は大幅に下がり、半値八掛二割引きの水準まで落ちた。要は三分の一だ。十億円の債権は三億円となり、七億円のロスとなる。時の住専国会で細川大臣は税金投入して回収せよという命令を私たちにしたのだ。

回収は厳しかった。社長は有名な故中坊公平弁護士。とにかく早く回収せよということで私は初代銀行代表として回収に注力した。任意売却、競売、差押、隠し財産をあばくのだ。「言うは易く行うは難し」だ。私の担当は大阪地区で、京都、鹿児島、宮崎、奄美大島である。膨大な不良債権があった。

バブル以前は大蔵省から各銀行に総量規制があり、資金需要の強い時でも各銀行に総体の資金枠があった。そのため、借りられない企業は住宅専門会社に融資を依頼した。しかしこれがいけなかった。当時、住宅専門会社は住宅ローン専門のはずだが、高金利なので顧客も返済できない。個人も破産者がかなりいた。高金利となったのはすべてが銀行からの融資だったので、それを上回らないと住専は利益が上がらない。個人が返済できないと住専は不良債権を多大にかかえることとなる。つまり三〇％しか元金は回収できず、七割のロス元金、そして利息はまるでない。よって倒産した。銀行の住専から三割元金回収なので大幅赤字で債務超過となり、合併または会社更正法、破産の道を辿る。この不良債権を住専は回収しようとするがとても不可能であった。

中坊社長は税金投入が六八五〇億円あるのでこれを全額返済しようと燃えていた。我々はたまったものではなかった。債権譲渡を住専から受けると当然融資金額だ。現在の価値ではない。中坊社長は「低額回収は許さない」と言って我々は苦しんだ。

毎日、社長面接がある。稟議書を出しても再交渉だ。更に悪いことは時間と共に価格は一層下がっていく。三割は放っておくと二割にもなる。早くやらないといけない。任売（任意売却）がうまくいかないと競売だ。これは手間がかかる。まず住専の債権者から現住宅金融債権金融機構に名義変更しなくてはならない。司法書士は音を上げ、譲渡契約書は我々が作成する。

また、重ねて大変だったのは、大阪市は当時、東区と南区が中央区になったり、昭和天皇の崩御で元号が変わってしまったので我々は休み返上で債権書類を作った。大阪は広く、枚方や高槻まで電車に乗って法務局へ行く。

大変であったが今から思えば良い思い出だ。数少ない休日は神戸でつりをしたり、鹿児島では温泉に入ったり桜島大根を買った。大根は水気が多いので大根おろししかダメだった。大根の値より送料の方が高かった。

回収に出かけるとホテルか民宿に泊まる。そこで滅多にない体験をした。奄美大島へ行った時のこと。ハブが幼稚園の前をニョロニョロしている。毒蛇だ。タクシーが、人がいないにもかかわらず多く走っている。聞けば客を乗せるのではなく、ヘビをとって保健所へ持っていけば五千円もらえるとのこと。ここは人口の数パーセントが手足をかまれ、切断をするらしい。

まだある。仕事が終わってタクシーで少し奥まで行き、スナックを探した。木々がうっそうとしたポツンと一軒家を見つけた。おもむろに中に入る。客はいない。若いお姉さんが一人テレビを見ていた。好きな芋焼酎を頼む。話せばどうも私の家の方の方言。聞けば岐阜の出身だという。更に私の家から近いところの出身だ。

どうしてこんな遠いところへと尋ねると、夫がヤクザで人殺しをして無期懲役ということだった。しかし昭和天皇の崩御で恩赦があり、もうすぐ出所するという。話ははずんで私もヤクザやそれに近い人と直接交渉し、彼らは話せばわかると言うと大変喜んでいた。その日の支払いは半分でいいということになった。

よく似た話が屋久島であった。民宿に伯まると話は全く同じ、大阪の刑務所に入っているがやがて出所するらしい。幸多かれと祈った。

やはり星は美しかった。ここはあまり大きな島ではないので一時間余りで元に戻ってくる。鹿と猿が道を塞ぎ、不思議そうに私を見ていた。

海に出た。露天風呂があった。小さかった。ここで海を見ていると幼児を連れた若い母親が入ってきた。にっこりと笑ってあいさつしたが恥ずかしくなって方向を変えた。

屋久杉を見に行った。暖かいと思って比較的薄着で行ったがとんでもない。山の上はかなり寒い。縄文杉までと思ったがとても無理だ。結局、大正杉、ウィルソン杉を見ただけだった。午後になるとにわかに暗雲立ちこめ、大雨となった。杉の大量の光合成の結果、午後は雨が毎日降るらしい。とても日本とは思えなかった。徳之島も同じような景色だった。ここは更に一層さびれていたが、やはりハブはおり、タクシーは走っていた。

これらの島巡りはほんの四～五日の出来事だ。この充実感と会社の倦怠感は如何ともし難い。

鹿児島での債権回収は何をしに行ったかわからない。時間を見つけては観光バスに乗った。西郷隆盛や大久保利道の説明は詳しかった。西郷洞窟も見た。敬天愛人の説明もよかった。自刃の場所へもいく。熊本城を落とせなかった西郷の無念さはいかばかりか。銅像を見てじっと考えた。愛人の愛加那の家へも奄美で行った。粗末な家だった。

この出向は私の財産となった。銀行ではただ一人である。あとは事務的に出向した後輩もいるが、現地へは行ってない。いい経験ができたと銀行に感謝している。もちろんバブル崩壊があったからかもしれないが……。

学生時代、『福祉国家は破産するか』（丸尾直美）という本を読んだ。欧州では福祉に力を入れすぎることで国家財政は破産すると言われてきた。

これは今から四十年くらい前の社会情勢であった。ただ現実は特に北欧三国は豊かな老後を過ごしている。いつも予想と後日の現実はかなり相違がある。その例として「ジャパン・アズ・ナンバーワン」もそうだ。今はどうだろう。まだ世界三位にあるからよしというわけではないがそうはいかない。

現在における豊かな福祉国家は以前とは大きく形態を変えている。老人大国がこんなに早く出現し、かつ少子化が加速していることは誰も予想できなかった。あのマルサスの人口論はどうなってしまったのだろう。結局、マルクス経済学はすべてあてがはずれ、資本主義の勝利となったのだ。人口ピラミッドが日本ではいびつになり、年金問題が今日では深刻だ。若者の負担は大きく人間らしい生活がずっと続けられるかは疑問だ。

私も六十五歳となり高齢者となった。ここで働くことの意味を考えてみたい。喜んで働く人、働かないと生活ができない人が共存している。高齢者の労働環境が改善していることを国はしきりにアピールしているが、ハローワークには力仕事、長時間仕事しかない。夜勤などとても働く環境が良いとはいえないのだ。老人は体力も弱り、動きが鈍いのにこういう仕事を提供する公共団体はどうだろう。むしろ税金の配分を見なおし、若い時から税金を多めにとり、老後は働かなくてもいい北欧型にしてほしいものだ。生活困窮者が働かなくてもいいようにすることが重要と信じている。

いろいろな断絶を乗り越えるためには負け組を作ってはならない。軍隊は強い将軍と普通の兵隊が多数いる方が勝つとされた。歴史の事実である。全員が同列に並び、二―六―二の原則が少しでも中間に集まることこそ社会に活気が出てこよう。貧困をなくすことが福祉国家の基本にあると思う。

若い世代のみならず全世代で自殺者が増えている。国は相談窓口を増やしているが、そんなことでは解消しない。夢を失った現代人はどうするかをよく考え、国が指導し、社会体制を見直さなくてはならないのだ。

外国に良い見本が多数ある。何も社会主義国ではない。私は若き頃、オーストラリアに短期で行った。友人の自宅に泊った。友人の父親は老後の夢を語り、グレート・バリア・リーフの話をしていた。ワインを作るための畑を耕し、未来を語ってくれた。地下にはワインボトルが多数あり、二十年くらい前のワインがあったことを思い出す。当然、病気になっても心配はないという。

世界では今でも戦争が絶えない。これはかりはどうしようもない。それでも正義の道を歩めば世界は支援してくれる。福祉国家はもう少しで達成できる。和をもって殺しあいがなくなってこそ平和が訪れる。日本は国連の非常任理事国として重い立場にあることを忘れてはならない。

川の命

川はほぼすべてが山に源流があり、山から支流を集めて本流となり、一本の大河となる。その源流は雪解け水であったり、大雨で流れ出た水の集合であったりする。

後者の例えはアマゾン川などだ。私の好きな川は中山道と併行する木曽川だ。街道を歩く人々は古より多くの歴史を持ち、あの源平時代の木曽義仲や巴御前のあわれを語る。そして最後は長良川、揖斐川と共に伊勢湾へと流れていく。最終的には長良川は消え（合流し）、木曽川と揖斐川だけになる。これもドラマがあり、岐阜県の南は川の氾濫で多くの人々が苦しんできた。それを薩摩藩が多大な困難を背負って堤防を作ったのは今からわずか百五十年前くらいの話だ。そして岐阜県と鹿児島県は現在も姉妹都市として人的交流が続いている。

私の祖母は薩摩の血をひく人で、この話をよくしてくれた。小学校の道徳の授業でも本に書かれ、先生が語ってくれた。そして祖父と祖母は知り合い、私がいる。川によって私が生まれたのだ。また祖父は長良川の水運で税を徴収する税務署長みたいな存在だったらしい。先祖は山形県で黒井忠寄の子孫という。忠寄は米沢藩の重臣で数学が得意だったらしい。測量技術にたけ、不毛の米沢の地に水路をひいて米所にした。今では日本酒の名酒が多数ある。

川はすべて命があり、高知県の四万十川にも歴史はある。日本の残された唯一の清流として、ウナギ、サケ、アユ、マスなど日本の誇る川だ。こうした川の命は大井川、天竜川、利根川などにも物語がある。そういった川の命を辿ることは、人間の生活に大きな影響を及ぼしている。川で生計をたてる人も古より多くいる。これは今日まで続き長良川の鵜匠は国からの庇護を受け、国家公務員として大事な存在となっている。現在は交通網の発達で上流から木を流すことはほとんどない。しかし豊臣秀吉は長良川の上流から木を流し数日で墨俣城を作り、敵を驚かせた。

乾燥地帯では川が干上がって多くの人々が苦しむ。アフリカの砂漠地帯だ。また近年殺害されたアフガニスタンで働いていた中村哲さんの話は世界を感動させた。水が命だ。この題材は高田三郎氏の作曲で今日でも混声合唱で、日本中で歌われている。その歌詞をよく読むと涙が出る。水すなわち川だ。そして海へと。

乾隆帝は有名な中国の皇帝だが龍井茶《ろんじん》を愛し、今日でも中国の杭州市の特産物である。

中国の西湖の西に位置する龍井村で作られていたのでその名があるという。

茶と言えば日本では茶の湯で知られる千利休。秀吉もこれを特上とした。現在でもその文化は日本に根付いている。石田三成は秀吉と知り合った時、まずぬるいお茶、そして熱いお茶を出し、秀吉は気がきく武将として重きをおいた。

世界中の食物は水を得ることで味わい深い作物となる。人類は今このことに気付かねばならない。水を大事にすることは川や海を大事にすること、その川は海へ向かって多くの生物を生む。私たちは川の命に感謝し、今日も元気に生きる。

宇宙と星々の話で仲良くなる物語

宇宙がビッグバンによって生まれたことは有名だ。一三七億年前、何もない所で小宇宙の種が生まれた。同時に急膨張し、大爆発した。これがビッグバンだ。これに「ゆらぎ」という銀河形成のタネが発見された。一九九二年だ。すべての元素は宇宙で作られる。我々地球も宇宙の一つなのだ。これに私たちは気がついていない。毎日の食事は宇宙による産物だ。海も山も原子力から石油まで当然である。宇宙の話はおもしろい。ミクロの素粒子論から宇宙物理学は夢とロマンに満ちている。

近時、若田光一さんが宇宙に飛び立つ報道がなされた。日本中が沸きたち、私もうれしい。二十世紀、ソ連のガガーリンが「地球は青かった」との名言を残した。この言葉は当時の世界に夢を与えたと思う。その後アポロ月面着陸など夢が実現していく。大阪万博でアメリカ館の月の石を見るために、半日並んだことを思い出す。これからは火星で居住しようとか宇宙ステーションへ民間で行こうとする計画があるという。

ただ、そういった人工的な宇宙ではなく、私は自然の太陽系をまず知りたい。太陽系と言えば、「水金地火木土天海冥」と中学時代に覚えた。九つである。まず水星である。太陽系で最も小さい惑星。私はこの惑星という単語に魅力を感じる。惑々するという動詞もここから生まれているのだろう。水星は直径が地球の四〇%ほどしかない。木星の衛星、ガニメデや土星の衛星タイタンより小さい。

◆水星◆

地球から水星は太陽に近いので日の出か日没後にしか見られない。水星の表面には多数のクレーターがあり、月とよく似ている。しかし探査機を近づけるのも高熱のため、困難だと言われている。公転は八十八日。太陽に近いため、一周時間は短い。冥王星とは大変違う。水星のある地点で正午から次の正午まで太陽のまわりを二回公転するのだ。ナトリウムのない輝石と言われる岩石で占められる。火成岩、変成岩など地球のマントルに近い。表面温度は一七九度。ただ氷も存在している。水星の認識は紀元前十四世紀、アッシリアの星図表で確認される。バビロニアにて紀元前十一世紀頃の記録があり、人類の観察力には驚かされる。古代ギリシャ、ローマもしかり。ここにギリシャ、ローマ神話が生まれたのであろう。

◆金星◆

地球型惑星である。太陽系は他に木星型があり、またガス惑星もあるので区別されている。この星は密度が最も地球に近いので地球の姉妹惑星ともいわれる。公転軌道は惑星の中で最も真円に近い。地球からは明け方と夕方に見える。私もよく金星を見て月に次いで明るい星として親しみ深い。昔「一番星見つけた」と父親に語ったことを思い出す。明けの明星とか宵の明星として小学校の理科でおなじみだ。

金星は二酸化炭素を主成分とし、わずかに窒素を含む大気だ。気圧は高く、気温は四六〇度程である。高度四五キロ以上に硫酸の雲がある。下層で分解して再び雲層に戻るので地表には戻らない。地表では時速三五〇キロの風が吹く。地球で台風が風速五〇メートルというのは生やさしい。

大気圧も高く、地表に対して強力な風化作用がある。但し水星と同じように極ではマイナス一七五度の低温地帯があることがわかっている。これは二酸化炭素の氷が生じているらしい。更に大気があり、微生物の存在から生命があるともいわれている。夢の多い話だ。

そう考えると生命の可能性のある星はかなり多いようだ。タイタン、ガニメデの水の存在、火星も月もしかり。大気は地球とは違うものの、かつては地球とほとんど同じとされる。濃い二酸化炭素がある。地球では海が形成されたので二酸化炭素が溶けこんだ。そして岩石に組み込まれた。金星は海が蒸発した。地球の九五％の大きさだが、そのわずかな違いで海は蒸発してしまう。その結果、生命の存在が左右される。地球の位置に感謝するしかない。金星は大きく傾いている。巨大隕石の衝突である。他の星と違って逆方向に自転している。つまり太陽が西から出て東へ沈む。この逆転現象は今日も原因不明である。気象現象の季節変化はほとんどない。

金星の自転は二百四十三日。金星の一日は地球の百十七日になる。

表面は地球に似て平野と高山でできている。高さ一一キロもある山もある。四十六億年前にできた造山運動は今も活発だ。地形にはなぜか日本神話やアイヌ神話の命名がある。ユキオンナ・テセラ、ニンギョ・フルクトゥス、ヤガミ・フルクトゥス、イナリ・コロナ、オオゲツ・コロナ、オタフク台地などである。ローマ神話ではビーナスと言われる。メソポタミアでその明るさゆえにイシュタル（愛と美の女神）、ギリシャではアフロディーテを指す。イエスは「輝く明けの明星」と言う。

◆火星◆

太陽系で水星より大きく二番目に小さい惑星だ。表面は酸化鉄の影響で赤く見える。地球型衛星でクレーター、谷、砂漠、氷冠などが存在する。一日の長さや季節は地球とほぼ同じだ。オリンポス山は火星でも最も高い山として有名である。盆地は火星の四割を占める。フォボス、ダイモスという衛星を持ち、生命の可能性も示唆される。

火星へは人類が今でもアプローチしソ連のマルス三号やバイキングが着陸した。その他多数の宇宙船が訪れている。居住性や生命の可能性が高いと言われている。水は存在しないが極地は氷でできており、過去の水の存在から生命の存在をにおわせる。地下水も発見された。明るさは金星に次ぐ。地球型惑星で酸化鉄が大量にある。赤く見えるゆえんだ。

半径は地球の二分の一。質量は十分の一である。重力は地球の四割、自転周期は二十四時間で地球と同じである。季節がある。大気は地球の〇・七五％である。火山活動が活発でメタンがあることにより原始地球状態で微生物の存在が言われている。短期間で温暖化すると言われる。気温はマイナス五六度。表面は玄武岩と安山岩だ。火山の足跡が明らかである。水の存在はかなり高い。赤い星はさびが生じているのである。鉄鉱石があり、人類が切望する要素は整っている。

◆木星◆

木星はガス惑星である。土星も同様だ。古代から知られており、ジュピターと言われる。モーツァルトの交響曲やホルストの曲にもその名が使われている有名な星である。ジュピターは古代ローマ神話の神、ユーピテルを語源とする。天空の神と言われたギリシャ神話ではゼウスと同一視される。

木星の自転は十時間でかなり速い。そのため、遠心力が大きく形状は楕円である。太陽に次ぐ重力を持つ。内部は水素とわずかなヘリウムとされる。表面温度はマイナス一四〇度くらいである。計算上はマイナス一八六度だが、そうでないのは内部から熱を発しているとされる。大気は水素七五%。ヘリウム二四%。雲の層はアンモニアの結晶だ。

大赤斑《だいせきはん》も有名である。周囲の温度が二度低いことにより高気圧の嵐と考えられる。最近、大赤斑は小さくなっているという。衛星にイオがある。二酸化硫黄の噴煙を発生し、日本の硫黄島のようである。イオの表面は百以上の山があり、エベレストより高い山もある。

木星の極は強い磁場により、常時オーロラが見られる。地球ならありがたいが、木星には住めない。大気は水素だ。イオ、エウロパ、ガニメデ、カリストの四つがガリレオ衛星という。コペルニクスの地動説の裏づけの一つで、天動説に反するものだった。リングは三つある。土星リングは氷であるが木星リングは塵である。衛星から放出された物質と考えられている。

軌道は、太陽系はほとんど同一だ。太陽が低い時、地球からもよく見える。古代から知られていた。公転は十二年であるため中国では最も尊い星とされる。観測は紀元前八世紀の古代バビロニアにさかのぼる。つまりガリレオに先立って発見されていたのだ。四つの衛星はガリレオが発見した。こうしたガリレオの発見は正統なキリスト教徒とは見なされず、裁判を受けて苦しんだ。真実を通すのはつらいものだ。

私も夜中、夜空を見上げる。真夜中の夜空は美しい。特に冬は空が澄んで様々な星を見るロマンにふけっている。

◆土星◆

太陽系で木星に続いて二番目に大きい惑星である。巨大なガス惑星である。土星の半径は地球の九倍だ。内部は鉄、ニッケル、シリコン、酸素の化合物である岩石の核から成っている。周囲は水素が圧縮された金属水素でおおわれている。その他、水素とヘリウムがある。表面はアンモニアの結晶である。リングは十二ある。タイタンは土星最大の衛星だ。

サターンと言われローマ神話の農耕の神、サトゥルヌスに由来する。

土星も木星同様、すべてガスではなく、中心核は小さな岩石で水素やヘリウムでできている。大気も当然水素九六％、ヘリウム三％だ。土星の吹く風は太陽系で二番目に速い。時速一八〇〇キロの偏東風が吹く。表面温度はマイナス一八五度くらいだ。ハリケーンが常にあり、太陽系で雲を作る台風の目が発見されたのは初めてという。土星の衛星エンケラドゥスは生命の可能性を提供している。土星リングは厚さわずか二〇メートルと言われる。

土星もガリレオによって発見された。衛星タイタンは太陽系で二番目の衛星で月の半径の一・四八倍である。表面に炭化水素の湖をもつ。肉眼でも見え、バビロニアでは紀元前二十世紀頃から太陽系の五惑星（水、金、火、木、土）が対象となった。メソポタミア文明の深さがよく示されている。中国の占星術も多くの運命がこの星の輝きによって左右されている。現代から見ると非科学的であるが故に悲しいことだ。リングは肉眼では見えない。高性能の光学機器が必要だ。惑星探査機パイオニア十一号や、ボイジャー、カッシーニが観測に成功している。アメリカのＮＡＳＡはエンケラドゥスの調査を見込んでいるという。

◆天王星◆

太陽系第七惑星だ。太陽系の中では木星、土星に次いで三番目に大きい。重さは木星、土星、海王星に次いで四番目だ。十八世紀にイギリスの天文学者によって発見された。地球最接近時は肉眼でも見え、かなり明るい。

ガスと氷でできている。水素八三％、ヘリウム一五％、メタン二％である。内部は重い元素の岩石と氷からなる核である。酸素、炭素、窒素が多く含まれている。自転軸は六〇度傾いている。理由は未だに謎だ。かなり激しい他の天体との衝突が複数回あったのだろうと言われている。よって赤道より極地の方が温度が高い。これも不明だ。

大気はメタンである。季節変化はある。他のガス惑星と比べると雲がほとんど見られない。横倒しになったので昼夜の気温変化がほとんどない。ボイジャー二号は磁場を発見した。つまり電流が作られているのだ。地球とほぼ同じと言われる。一六九〇年に発見された。この星には二十七個の衛星がある。古代神話はない。占星術では凶星である。改革、離別、不安定を表わす。

◆海王星◆

太陽系の中では一番外を公転している。地球の十七倍の質量を持ち、ガス惑星の中で最も密度が高い。密度とは体積分の重さなので、重い岩石がコアにあるということだ。肉眼では見えず、ヨーロッパの天文学者が数学的に予想して発見した。最大の衛星トリトンは海王星の自転に対して逆方向に公転している。窒素の表面と水の氷でなる地殻、岩石と金属でなる核を持つ。

海王星の大気は風速が秒速二一〇〇キロである。太陽系では最も温度が低い。マイナス二一八度と言われる。絶対温度（原子、分子の熱運動がなくなる温度。非常に低い）に近い。十七世紀にガリレオはこの星を認識していた。ヤヌスと言われ、ローマ神話では守護神の意味をもつ。

一時期日本のドラマで「ヤヌスの鏡」という話が大ブレイクした。左右二つの顔を持つ。ドラマは昼夜全く違う女子高校生が主役で昼はヒロミ、夜はユミである。もちろんユミは不良だ。英語の語源でもある（一月＝ジャニュアリー＝ヤヌス）。

◆冥王星◆

二十世紀に発見された。あまりにも小さく遠いが、天王星、海王星の動きに影響があるので計算上の発見である。ローマ神話ではプルートと言われ冥界を司る神と言われる。太陽系第九惑星だったが、二〇〇六年に「準惑星」に分類された。十四等級で肉眼では見えない。太陽系で最も小さく、質量もわずかだ。地球の五分の一以下と言われる。窒素、メタン、一酸化炭素で大気ができている。海王星と冥王星は軌道が交差していて、太陽から近くなったり遠くなったりしている。

知子「ねえ。照雄、惑星とは何?」
照雄「それは惑々する星のことだ。太陽の周りを一定の周期で回る星のことさ」
知子「私、理科が嫌いだったので高校時代の理系の科目の時は寝ていたわ。先生は知らん顔」
照雄「ばかだなあ。だからお前にはロマンがない。普通は女の子がロマンを持つんだ。
　海王星をヤヌスというが、『ヤヌスの鏡』のドラマを知っているだろう。僕はレンタルで借りて今でもビデオを見ている。あの善良なヒロミという子が夜になるとユミという名でたばこを吸ったり、おばあさんを閉じ込めたり、父母をおどかしたりしてるじゃないか。星とはそうやってギリシャ、ローマ神話をミックスして見るんだ。テレビでも関連した説明があったよ。夜空を見てごらん。ギリシャ人は星々を見て、ライオンや牛やアポロンの神、カシオペアなどを想像した。さそり座なんてそっくりじゃないか。北極星も北半球ではいつも定位置で真実を示している。海で迷っても必ず目的地に行ったんだ」

知子「へーえ、照雄は『ヤヌスの鏡』を見てたんだ。私もよく覚えてる。あの『たっちん』はおもしろい行動をしてたね。おばあさんの教育は少し考えものだわ」

照雄「そうだ。だが、ヤヌスに限らず、他の衛星のこともよくわかっただろ。六〇度傾いている星や衛星が惑星の公転と逆の海王星など不思議なことがいっぱいだ。生命の可能性のある衛星も多い。だいだい水や氷があるということは生命の可能性が高いんだ。火星には明らかに川が流れた跡がある。引力が小さいから皆宇宙へ飛んでしまった。こういった太陽系みたいな星は太陽系以外にも相当あると思う」

知子「あなたはロマンチストで理科系にも強いのね。うらやましいわ。歴史だけかと思ったら天体まで詳しいのね」
照雄「こういう宇宙の話は小さい時に教えてもらうと興味がわく。君と結婚して子供が生まれたら、僕がこうやって話をしてやるよ。図鑑も買う」
知子「まあうれしい。じゃあ、私、専業主婦ね」
照雄「だめだ。現代は女性社会となりつつある。首相もそう言っているではないか」
知子「あなた、そんなに稼ぎが悪い会社に就職したの」
照雄「ばかを言え。すべて知子のためだ。我々の年金もどうなるやら」
二人は惑星の話から結婚後の現実の生活の話へ移った。こうして惑星の話を語り合うことは自分の枠が広がっていくと感じられ、照雄を見直した。
現在、私も天体番組が好きでよく見る。ミステリードラマの人間の醜さを見るよりずっとおもしろい。今夜も金星や火星を見た。残念ながら他の惑星は見られなかった。
最近は八丈島へ行ってあの星の数々には驚いた。

星には皆歴史がある。何千万年、何億年前の光が今、私の目に入るのだ。この雄大な天体を見、夢を追うと現在の悩みなど小さい。海を見ても空を見ても大きさを感じる。人生に悩んでいる人に是非これを実行してもらいたいものだ。

歴史に遊ぶ

項羽と劉邦

時は秦の末期、始皇帝が中国を治めていた。大帝国であったが人々は疲弊し、国中に不満が渦を巻いていた。やがて始皇帝が没した後、第二代の皇帝胡亥《こがい》になると、更に民衆からの搾取がひどくなり、陳勝《ちんしょう》・呉広《ごこう》の乱がおこる。彼らは辺境守備のため、半強制的に徴集された農民たちと共に漁陽へ向かう。この時、有名な言葉として「王侯将相《おうこうしょうそう》いずくんぞ種《しゅ》あらんや」と呼びかけるとたちまち数万の大軍となる。また「燕雀《えんじゃく》いずくんぞ鴻鵠《こうこく》の志《こころざし》を知らんや」と心に誓い、貧農であったが反骨精神をむき出しにした。

二人は秦の国の軍人を連れ、反乱を決行した。結局、厳しすぎる法律が反乱を生むのだ。これはどの国でも同じで類例はいくらでもある。領土を拡張していくと反乱の芽は辺境地で発生する。あのローマ帝国でも同様だった。

秦に滅ぼされた楚の将軍の項羽はこの時、二十四歳。沛県《はいけん》の田舎町で亭長《ていちょう》の劉邦はこの時、四十六歳。勇敢で戦に長じた項羽は叔父項梁《こうりょう》が殺されると闘志に燃え、鉅鹿《きょろく》で少人数で秦軍を破る。名将章邯が項羽に降伏し、秦は大打撃を受けた。この時、劉邦は項羽軍に参戦していた。彼は単なるごろつきで無頼漢、大の酒好きときている。ごろつきや無頼漢を除けば私と似たところがあるようだ。また、彼は愛人に自分の体のほくろの数を数えさせていた。ただ憎めない性格をしていたらしく、人は自然に集まってきた。

項羽は胡亥《こがい》が阿房宮《あぼうきゅう》を建てたのでこちらへ北から向かう。ここは秦国の中心拠点だ。一方、別動隊の劉邦軍は南から咸陽へ向かう。調子に乗った劉邦は函谷関《かんこくかん》をふさいで項羽の逆鱗に触れる。鴻門《こうもん》の会《かい》でひたすら謝る劉邦をあわれに思った項羽はこれを許したが、ただのごろつきと思っていた彼がここまでやるとは甘く見ていた。後にこの時救った相手に命を絶たれることになった。劉邦は途中戦い少なくして進軍したが、項羽は戦い抜いて進軍したという。

その結果、到着は明らかに劉邦が早かった。彼は阿房宮をそのままにして項羽に見せた。いろいろと気配りが大変だったと思う。彼は部下に蕭何《しょうか》という食糧を運ぶ名人がおり、軍師の張良《ちょうりょう》がいたのでとりあえず怖いものなしだった。もちろん項羽にも范増《はんぞう》という名軍師がいた。しかし項羽はあまり范増の助言を聞かず范増もつかえる大将を間違えたことに気がついた。項羽の論功行賞は不平等で更には秦の住民にも厳しかった。反乱者の出た土地は女、子供たちまで殺したという。

やがて南方の洛陽に入城した劉邦は項羽討伐を宣言。天下の諸侯は群がって劉邦に味方し、五十六万の大軍となる。項羽は各地の反乱を治めている途中で、空き城となった居城の彭城《ほうじょう》はあえなく落ちた。怒った項羽はそれでも三万の兵をかき集め、彭城へ向かう。三万の軍勢は劉邦を驚かせ、五十六万は逃げたという。このあたりは私にも不可解であるが、たった三万の軍勢に逃げるかどうかだ。実に二十倍近くの差があるのだ。

劉邦は韓信《かんしん》という名元帥を得て、張良と共に大切にする。次々と戦に勝つ二人に対して劉邦は韓信にとって替わられはしないかと疑念を持った。この結末は割愛するとして、韓信は四百年後の諸葛孔明のようだった。孔明も韓信の戦術には大変学ぶことが多かったという。

項羽が攻めてきた時、劉邦は食糧庫である広武で籠城を決めた。ここで楚・漢は天下二分することで和睦となる。両軍は兵を引いたが項羽は途中でこれを裏切り、漢軍を全滅させるつもりでいた。その心を知った劉邦の有力な部下はこれを逆手にとり、項羽の不満分子や脱走者を周辺から打ち破っていく。もちろん韓信の作戦によるものだ。彼は項羽にあまり時間を与えてはいけないと思い、一気に項羽を攻めることとした。

南下して次第に追いつめる韓信。そして最期は垓下《がいか》の戦いとなる。名場面だ。今度は大軍の劉邦軍に攻め返す手立てはなく、死地にいることを自覚する。しかし時既に遅く、四面は劉邦による楚歌でおおわれた。項羽の部下はもはや戦う気はなく、望郷の念にかられた部下たちは投降者が続出する。そして小軍勢を率いた項羽は江南を目指す。やはり逃げきれず、最後は十三人となり、全滅する。

この時、彼が愛した虞姫《ぐき》は項羽の愛した騅《すい》と共に死ぬ。項羽の死の後に彼女は自ら命を絶ち、剣の舞と共にこの世から去っていった。この時の名場面は中国史や日本の歌にも残っている。劉邦の勝因はその人柄にひかれ、多くの味方が現れたことだ。強い者が勝つわけではなく、人望ある者が勝つのだ。

私はこうした物語を読むにつけ、自分の若かりし時代を反省した。若い頃は自分中心に物事を考えた。人に対する配慮が少なかった。それに気付いたのはかなりの時間が経った時だった。ただ今は自分よりも他人の立場を尊重しながら生活している。言動は控えめに、そしてはっきりと言うがよく聞く。こうして人間関係は丸くなっていくような気がする。

この時できた漢王朝はやがて四百年後滅びていく。何百年も続くと問題は発生するのだろう。後継者の問題も含めて。その後、中国は魏の国となる。中国の王国は次々と亡び、次の王朝ができていく。それをずっと見続けていたのは黄河、長江、万里の長城か。

『戦国策』という本を読んで

中国の戦国時代は大国の晋が趙・韓・魏の三国に分裂したことに始まり、秦の始皇帝による統一の紀元前二二二年までとする。この「戦国時代」という名称は『戦国策』による。

春秋時代が終わって戦国時代になると周の封建制度が瓦解し、小国は大国にのまれた。各国が領土獲得に狂奔し、いたるところで侵略戦争が勃発していた。しかし各国は武力侵略を極力避けた。武力は勝敗に関わらず、国力を失うからだ。その結果、他国が乗っとることになってしまう。大国も平和的手段で打開しようとした。外交力である。

その一方で様々な思想が生まれ、孔子などの学者や思想家、外交を論ずる遊説家が生まれた。彼らの言説をまとめた『戦国策』の中で活躍しているのは説客《ぜいかく》である。この時代は文章が優れていた。司馬遷の『史記』の文章はすべて『戦国策』に求め得るとされる。

その中のいくつかを見てみたい。

◆蛇足◆

楚の相、昭陽《しょうよう》が楚のために魏を伐って、敵軍を殲滅し、敵将を殺し、八城を奪うと、軍勢を転じて斉を攻めた。その時、説客の陳軫《ちんしん》が斉王のために使者となり、昭陽に面会して丁寧な挨拶をし、戦勝のお祝いを言った後、立ち上がって問うた。

「楚の法律では、敵軍を殲滅し敵将を殺すという戦功の場合、官爵はどうなりますか」

「官職は楚の最高官となり、爵位は楚の最高位となるでしょう」

「それより特別高貴なものというと何でしょうか」

「その上は楚の特別職、令尹《れいいん》です」

そこで陳軫は、

「なるほど令尹は高貴な位です。ですから王様が二人の令尹をお置きになるはずはありません。私はこっそり、あなたのために、たとえ話をしましょう。

昔、楚の国にほこらの祭りをする人がありまして、近侍の家来たちに、大盃に一杯の酒を与えました。家来たちはこんな話し合いをしました。『数人で飲むには足りないが、一人なら飲みきれぬ。どうだ、地面に蛇の絵を描いて、早く描き上げた者が飲むとしよう』と。すると一人の蛇がまず出来上りました。それでその人は、酒を引き寄せて飲もうとし、左手に大盃を持ち、右手で蛇に描き加えようとします。『わしには足を描くゆとりがありそうだ』と。その足が描き上がらないうちに、他の一人の蛇が描き上がりました。その人は大酒を奪うように取って言いました。『もちろん蛇には足はない。君にはどうして足が描けるかね』と。その人はとうとう酒を飲んでしまいました。蛇に足をつけようとした人は、ついに酒を飲み損ねてしまいました。

さて、あなたは今、楚の国の宰相の身分で魏を攻め、敵軍を破り、敵将を殺し、八城を奪取しながら、兵力を損耗することなく、反転して斉を攻めようとしています。斉ではあなたを大変恐れています。それだけであなたの勇名を馳せるには充分です。あなたの官職の上に重ねて加えるものは何もありません。連戦連勝、しかも止まることを知らない者でも、いつかは死に、爵位も後来の人に渡さねばなりません。ですからあなたが斉を攻めようとするのは蛇の足を描くのと同じことです」

昭陽もそれに相違ないと思い、軍陣を撤回して引き揚げた。

これは有名ないらぬことをする蛇足の熟語の出典だ。私も高校の漢文で習って思わずうなってしまった。説得力が軍の行進を止めるという、正に当時の遊説家の姿がありありと浮かび出る。

◆勝敗は歩の使い方◆

斉の国の唐且《とうしょ》が楚の春申君黄歇《しゅんしんくんこうあつ》にお目にかかって言った。

「斉では人々が服装を飾り、行儀作法を身につければ、出世することができました。しかし私はそれを恥ずかしいことだと思って、そういうまねをしませんでした。私が江河を渡ることもさけず、千里の旅もいとわずに楚へ参りましたのも、心中あなたの節義を仰ぎ、ご業績を慕い申し上げていたからです。私は『孟賁《もうほん》や専諸《せんしょ》（共に古の勇者）はなまくらな武器しか持たなくても、天下の人々は彼らを勇者としたし、西施《せいし》（古の美人）は粗衣を着ていても、人々は美人とたたえた』と聞いております。今、あなたは強大国楚の宰相として、中国からの国難を防いでおられます。しかるになかなか思うようにいかないのは結局、有能な臣下が少ないからです。そもそも将棋で大将がよく働き、勝てるのは歩が助けるからです。一枚の王将で五枚の歩に勝てず、及ばないのは明白です。今あなたは何故、天下の王将となって、私共を歩となさらないのですか」

歩の使い方の上手な人は将棋に強い人と今でも言う。真理をついている。

私も将棋が好きなので、この話はよくわかる。歩は相手陣内に入ると金にもなり、上下左右へ動ける。ＮＨＫの将棋講座を見ていてもそれがよくわかる。つまり部下の使い方のうまい上司は利益のあがる会社となるのだろう。

◆為政者の知恵、商人に及ばず◆

趙の希写《きしゃ》が建信君《けんしんくん》にお目にかかった。建信君が言った。

「文信侯《ぶんしんこう》（秦相呂不韋）は僕に対して甚だ無礼だ。秦が人を介して彼を趙に仕えさせようとした時、私はその人を丞相の府に入れてやり、五大夫の位を与えてやった。しかるに文信侯は私に対し、何たる無礼であることか」

それに答えるように希写が「近頃の政治家は商人にも及ばないと思います」と言うと、建信君は急に憤然として、

「君は為政者を卑しんで、商人を尊重するのか」

「いえ、そうではありません。立派な商人は人と売買するに際し値段を競争しません。じっと時期を窺っています。相場の安い時に仕入れれば、少し高く仕入れても已に安く仕入れたことになっているし、高相場が来た時に売れば、少しくらい相場より安く売っても已に高く売ったことになって儲けは多い道理だからです。昔、文王は牖里《ゆうり》に拘禁され、武王は玉門につながれましたけれども、結局、紂《ちゅう》を亡ぼし、その首を切って太白の旗竿にかけ

たのは武王の手柄であります。(時期を待つ)今、君は文信侯と拮抗しながら時期をはかり得ないで、徒らに文信侯の無礼を責められる。私はそのなされ方に賛成できません」(建信君が文信侯不韋の失礼を怒るのに対し、趙人希写がつまらぬ礼に拘泥して怒るという非を述べている。論理展開がすばらしい)

私も株や円相場で運用しているのでこの話はまさにそうだ。それにつまらぬこだわりをあちこちに持つものではない。相場についてはやがて上がってくるのだ。

『三国志』の考察

『三国志』は大変長い物語なので前半は少し軽く、後半は重きを置いて書いてみる。

時は二世紀の漢の国。劉邦（初代漢王朝）の末裔である劉備玄徳は、黄巾の乱（一八四年）の討伐に向かった。黄巾の乱は、世直しと言って張角が道教による治病を行い、民衆に受け入れられ、また、その薬草はききめがあったらしく政治にも顔を出し太平道を広めたことによるもので、「蒼天已死黄天當立歳存申子天下大吉（蒼天既に死す、黄天まさに立つべし。歳は甲子にありて、天下大吉）」というスローガンで、役所門に甲子（西暦を六十で割って余りが四の年が甲子年）の二文字をかかげた。しかし張角の死亡と東北の公《こう》孫瓚《そんさん》の活躍で黄巾賊は滅亡。その時活躍した劉子平《りゅうしへい》は、従軍の劉備が武勇に優れているとして、その後、安熹県《あんきけん》の県尉となった。そして、桃園の誓いで関羽、張飛が劉備と義兄弟となり、その長い期間三人は苦楽を共にする。

さて当時、漢で力をふるっていたのは董卓《とうたく》。劉備をばかにしたので張飛は殺そうとするも劉備、関羽の説得でこれを止めた。その後、戦いで数々の手柄を立てた劉備は安熹県の県尉に任明される。但し実直な政治に固執するあまり、わいろを求める中央政府の役人をないがしろにしたということで、役人の督郵《とくゆう》はこれを政府に報告すると言う。頭にきた張飛は彼をなぐり殺そうとして木につるす。なぐり続けた張飛は督郵から命だけは助けてくれと言ってこれを許す。その代わりもうここにはおれないと悟った三人は代州《だいしゅう》に寄り、劉《りゅう》恢《かい》の元へ身をひそめる。

劉恢は劉備が漢の皇族の子孫であることを知ると手厚くもてなした。劉備の敵は十常《じゅうじょう》侍《じ》といういやな奴らがちくっていたという。その後、董卓には呂布《りょふ》という猛将がついた。彼の腕は張飛と互角。その頃、馬騰《ばとう》が義兵をあげた。西涼《せいりょう》の出身で北方民族とも通じていた。ここに英雄がいた。馬超《ばちょう》である。馬騰の子だがこれまた腕は張飛と互角。後に劉備の味方になるが今は敵だ。

この時、李傕《りかく》、郭汜《かくし》が馬一族に破れたため、誰か強い者がいないかと捜していたところ曹操なる人物を押す者が多かったという。言うまでもなく後の魏の将軍であり、後に子孫が三国を統一して日本の卑弥呼とも交流をした。乱世の奸雄《かんゆう》とも言われた曹操は恩になった陶謙《とうけん》をも殺し徐州を攻めた。これを聞いた劉備は少人数で徐州に駆けつけ、城では歓呼して迎えられたという。義に厚い劉備は城を守った。

その後、呂布は下邳《かひ》の城にいたが、劉備軍の作戦により城外に出る。関羽、張飛に攻められてあえなく殺された。曹操はその後、下邳の城を攻める準備をし、劉備が夜討ちをすることを悟る。東南の風が吹いている時は夜討ちが多いという。見破られた劉備はさんざんに負けて敗走。この時、関羽は曹操に降参し、曹操軍につく。但し条件を呈示し、行方不明となった劉備の居所がわかれば帰るという。更に曹操に降参するのではなく漢王朝に降参するといった発言は曹操を喜ばせ、いろいろな褒美を与えるがすべて拒否する。劉備を愛するあまりの行動だ。その後、劉備の居所がわかるとさっそうと帰り仕度をし、城門を開けさせる。止める曹操の家来は何人も殺された。これを聞いた曹操は割封を与え、各地の城門を通れるようにした。

その後、劉備は三顧の礼で諸葛孔明なる人物を得、漢王朝の再興を目指した。そして趙雲子龍という槍の名人と出会い、長坂《ちょうはん》の戦いで、一騎で劉備の子阿斗《あと》を背負い、劉備軍に戻ろうとする。そこには張飛が待ち受け、橋の上でこれまた一人で敵を通さない。そして劉備の元へ帰る。劉備は「子供はまた生める。しかし趙雲は二度と得られない英雄だ」とし、子供より部下を思いやった。上司のかくたる姿を見た。そして、劉備は老将の厳顔《げんがん》、黄忠《こうちゅう》を得、部下はますます厚くなる。

その後、赤壁の戦いがおこり、魏と呉の国の戦いとなる。この時、孔明は呉について魏の国の連環《れんかん》の計《けい》を、火をもって破る。呉の周瑜と連携するが周瑜は孔明の恐るべき知謀を恐れて殺そうとする。これを予期していた孔明は趙雲を船で呉の国に来させ、年に一度の東風（貿易風）の日を読み当てた。そして風と共に去っていったという。一方、関羽は呉の陸遜《りくそん》の作戦に破れ、殺された。また張飛も部下に対してあまりにも厳しかったので、大酒を飲まされた夜、部下に殺される。

こうして残った劉備の側近は孔明、そして天水《てんすい》の姜維《きょうい》だった。馬謖《ばしょく》という優秀な部下もいたが、ある戦いで山上に陣を張り、水攻めで負けたのだ。これを聞いた孔明は激しく怒り泣いて馬謖を斬った。これも有名な言葉で今日でも漢文で残っている（泣いて馬謖を斬る）。

そして孔明は五丈原《ごじょうげん》の戦いで天に祈る。その時、魏延《ぎえん》が急いで駆け込んできたため、ろうそくが皆消えた。孔明は自分の運命を知り、あと数日で死を迎えることとなった。やがてその日が来た。孔明は自分の偽の姿を作り「死せる孔明、生ける仲達《ちゅうたつ》を走らす」という有名な言葉を残した。その後、姜維が頑張るが、人徳不足で蜀は滅んだ。そして魏が天下をとり、曹操の子の曹丕が魏の皇帝となった。

尚、「五丈原の戦い」については明治の文豪 土井晩翠の漢詩にある。

言うまでもなくこの時代に「魏志倭人伝」が書かれ、今日の日本の残された唯一の歴史書となっている。倭人伝は非常に詳しく九州地方の様子を描いており、邪馬台国を知る一助となっている。こうした歴史が教科書にも載り、我らの知恵となっていくのは大変ありがたいことだ。『三国志』は中国の歴史書であるが、一方では日本の歴史書でもあるのだ。この関連が今日の日中の関係であってほしいと思うのは私だけであろうか。

◆趙雲◆

長坂坡《ちょうはんは》で一人、劉備の子を背負って敵陣をかけぬけた英雄だ。私は彼がこの上なく好きなのだ。彼は蜀の将軍。一六一年〜二二九年の生涯と言われる。彼は袁紹《えんしょう》の配下であったが袁紹には忠君救民の心がけがなかったため、北東の公孫瓚のもとへ走る。彼の部下となるが青州《せいしゅう》で袁紹と戦っていた田楷《でんかい》の援軍として公孫瓚が劉備を派遣した際、趙雲も随行して劉備を助けた。曹操自らの軍に追いつかれた劉備は妻子を捨てて逃走する。この時、趙雲は劉備の子を背負いただ一騎で駆け抜けた。そして無事、劉備の陣に戻る。この劉備は自分の子をその辺に投げ、十分趙雲をいたわった。この時の名言として「子供は生めばまた得られる。しかしお前のような武将は二度と得られない」として大変趙雲をいたわった。人のために命を捨てるとはこういうことで安っぽい口先のことではない。またそれを受けついだ張飛もよかった。趙雲を逃がしたあと、長坂坡で仁王立ちし、敵をばったばったとうち破る。

いったい趙雲と張飛が対決したらどちらが強いのだろう。また関羽も含めると……などと夢はふくらむ。

しかし蜀はこの三人の腕で成り立っていた。他に馬超《ばちょう》とか黄忠がいたが、やはり先ほどの三人なのだ。この三人は単独でテレビや書物で描かれている。特に趙雲と関羽は情にあつく、作戦もよく理解して、普通なら大将軍として軍を率いる人物なのだ。

他にこのような人物を求めるとすると呉の陸遜《りくそん》だろう。常に誠実に清廉な武将で関羽を作戦で打ちとった。また呉の呂蒙《りょもう》がいる。陸遜に対して頼りになる先輩のようである。このあたりが武将としての名士であろうか。

◆関羽◆

関羽は字を雲長といい、子は関平と関興である。蜀の劉備に仕え、人並みはずれた武勇や義理で、敵の曹操からも称賛された。関帝廟は日本では横浜、神戸、長崎にある。中国、台湾、日本で愛され、義理人情の人として重く扱われている。みごとな鬚には定評がある。

一八四年、黄巾の乱が起きると義勇兵をあげた劉備、張飛と出会い、張飛と共に劉備を護衛した。劉備は二人を恩愛したが、張飛は関羽が年長者だったので兄と思って従った。ただ大勢の前では劉備を主君と立てて仕えた。徐州を得た劉備は呂布と争い曹操を頼って逃げた。

一九八年、曹操が呂布に勝った時、関羽は張飛と共に戦功を認められた。曹操から中郎《ちゅうろう》将《しょう》（二千石を与えられる、守りの統率）に任命される。劉備は董承《とうしょう》と結び反旗を起こして徐州を占領する。この時、張飛と劉備は小沛《しょうはい》に戻り、関羽は下邳の守備を任され、大守の事務を代行する。

二〇〇年、劉備が東征してきた曹操の攻撃で破れると、下邳に撤退せず北上して袁紹の元に逃げた関羽は劉備の妻子と共に曹操にとらわれた。関羽は一時的に曹操に降り、賓客として扱われ、彼を偏将軍（順位の低い将軍）とした。この時、関羽は「我、曹将軍に下るのではなく漢朝に下るのである（劉備殿の居場所がわかればすぐさま帰る）」と言い、曹操をがっかりさせたが、お礼はきっちりとして去るとの言葉を残した。

その後、関羽は顔良《がんりょう》、文醜《ぶんしゅう》を殺し、曹操に貢献した。この二人は劉備の味方だった。関羽は重い恩賞を受けた。必ず劉備の元へ帰ってしまうと思ったからだ。それでも関羽は関所破りをして劉備の元へ行く。曹操はこのままでは多くの死者が出ると思い、通行手形を発行し、こころよく送り出した。そして彼を追わないようにとの命令を下した。

二〇八年、劉備が三顧の礼で諸葛亮を迎えると、ひがんだ関羽と張飛に、劉備は水魚の交わりを説いた。北上してきた呉の大軍と劉備は数百隻の船団からなる別働隊の指揮をとった。途中、長坂坡で曹操軍の追撃を受けた劉備軍は敗北、関羽の船団と合流し、難を逃れた。長坂坡の戦いである。

諸葛亮を介して呉の孫権が劉備に援軍を出すと、劉備、孫権軍は赤壁で曹操軍を破り、曹操は荊州を諦めて撤退する。劉備が益州（四川盆地と漢中盆地一帯）の守備を任された。やがて諸葛亮、張飛、趙雲が入り、荊州は関羽が預かることとなる。関羽の功績は張飛、諸葛亮と同等とされた。

二一八年、曹操の部下侯音《こうおん》が関羽に備えていたが、関羽と内通し、同じように関羽と通じる魏の者が魏に対して反抗する。曹操の部下曹仁《そうじん》は侯音を殺す。同年、関羽の子関平が樊城《はんじょう》を守る曹仁を攻撃する。七軍の指揮をとる于禁《うきん》が駆けつけるが大洪水がおこって七軍は水没。関羽は船団を指揮し、于禁軍を降伏させた。

曹操は狼狽し遷都を考えたが、司馬懿《しばい》仲達（曹操軍の軍師、孔明と並ぶ知恵者）は于禁を弁護し、以前和議を結んでいた呉の孫権を利用し、関羽を背後から攻めさせることとした。そして曹操軍の将軍徐晃《じょこう》を派遣し曹仁を救援した。関羽は魏、呉に挟まれるということになった。曹操の部下はこの状態を関羽に伝え、戦意を失わせようとした。曹操軍の士気は上がった。呉は将軍呂蒙が病気と偽情報を関羽に流し、前線を離れさせる。陸遜の手紙に警戒を解いた関羽は曹操軍だけに軍を向けてしまった。呉の孫権は呂蒙、陸遜に攻撃を命じ、関羽の劉備軍の城を次々と落とした。呂蒙は関羽の家族を捕虜にして守っていることを伝えると、関羽軍は敵対心を失い、大半の将兵は呉に降伏した。

関羽は退路をたたれ、関平と共に斬首となった。関羽の首は呉より魏の曹操に丁寧に送られた。曹操は礼をもって洛陽に首を葬った。そして一言「恐ろしい男だった」とつぶやく。

関羽を殺された劉備は二二二年、呉と夷陵《いりょう》（白帝城の近く）の戦いを起こすが敗北。蜀が滅んだ後、龐徳《ほうとく》の子孫は関羽の子孫を皆殺しにしたという。

◆張飛◆

張飛は劉備の挙兵に最初から付き従った人物で、人並はずれた勇猛さは後世にも称えられた。現在でも中国や日本でその人柄を大変親しまれている。

劉備が黄巾の乱に臨んで義勇兵を集めようとした一八八年、他所から流れてきた関羽と共にその徒党に加わり、身辺警護を務めることとなった。以後、関羽と共に劉備と兄弟のような親愛の情を受けることとなり、劉備を主君として立て、命がけで護衛の任務を務めたという。劉備が北東の公孫瓚に取り立てられ平原相になると、関羽と共に別部司馬となり、それぞれ一軍の指揮を取るようになった。

一九四年、身を寄せていた徐州の陶謙（曹操の敵）に位を譲られ、州牧《しゅうぼく》（二千石）となる。劉備が袁術《えんじゅつ》と戦っている際、張飛は本拠地下邳（現在の江蘇省北部）を守っていたが、劉備に身を寄せていた呂布に下邳が取られた。張飛は敗北し、劉備の妻子が捕虜にされてしまった。劉備は一旦和睦したが、再び戦争状態となり劉備は曹操に身を寄せる。劉備が曹操に背き、やむなく転戦する。

二〇八年、荊州城の劉表《りゅうひょう》が死去し、曹操が荊州へ進軍すると曹操は昼夜をかけて追い、当陽県の長坂に到着。張飛は劉備を逃がして二十騎で殿軍を引き受ける。劉備は妻子を捨てしまった。その時、趙雲は妻子を見つけ、曹操の大軍の中を駆け抜ける。長坂坡を抜けるとあとは張飛に任せる。これまた張飛は趙雲に負けず、曹操軍をにらみつけると誰も彼に近づこうとはしなかった。

二二一年、劉備が蜀を建国すると、張飛は驃騎《しゃき》将軍となった。呉に対して侵攻しようとしていた最中、彼に恨みを抱いていた張達《ちょうたつ》、范彊《はんきょう》に寝込みを襲われて暗殺される。

私はこういった大将を見るにつけ、すべて損得で生きていると感じる。ある時は味方、ある時は敵となって、国の興亡が左右されるのだ。今から思えば考えられないのだが、中国四千年の歴史はこうして国が滅び、新しい国が作られていったのだ。

日本でも鎌倉時代以降、こうして生き、また死んでいく。裏切りはいつでもある。ただその中で一番大切なことは部下に優しくして、相手を思いやることだろう。織田信長ももう少し優しかったら長生きをしただろうと思う。徳川家康がそうである。

私はこうした歴史書を読んで、会社の上司になった時は人に優しくした。その結果、大きな衝突はなかったが、それでも相手が受け入れない時は戦った。上司であろうと部下であろうと正義をつらぬいたつもりだ。それが私の今の自慢だ。

『長恨歌』

『長恨歌』は白居易による唐の玄宗皇帝と楊貴妃の愛の物語であり、また愛しすぎて唐が滅んでいく物語である。まず現代文にすると以下の通りである。

漢の皇帝は美女を好み欲していた（漢の皇帝といったのは唐にすると当時の話とまるわかりであり、あえて作者が漢にしたもの）。在位中、長年探し求めたが得ることはできなかった。その頃、楊家に娘がいてようやく年ごろになったばかりだったが、家の奥にある婦人の部屋で育てられていたので、まだ世間的には知られていなかった。しかし生まれもった美しさは捨て置かれることはなく、ある日突然選ばれて皇帝の側に仕えることとなった。

彼女が瞳をめぐらし一度微笑めば、何ともいえない艶やかさが生まれ、宮中の美人たちは色あせてしまうほどであった。彼女はまだ寒い頃、華清池《かせいち》の温泉を賜り、温泉の水は滑らかできめ細かな白い肌を洗う侍女が助け起こすと、なまめかしく力がない。こうして初めて皇帝の寵愛を受けたのである。

雪のような柔らかな髪、花のような顔、歩くと揺れる黄金や珠玉で作られたかんざし、芙蓉の花をぬいこめた寝台の帳は暖かく、春の宵は短いことに悩み、日が高くなってから起き上がる。この時、皇帝は早朝の政務を止めてしまった。彼女は皇帝の心にかない、宴では傍にはべり、暇がない。春には春の遊びに従い、夜は夜で皇帝のお側を独り占めにする。後宮には三千人の美女がいるが、三千人分の寵愛を一身に受けていた。

黄金の御殿で化粧をすませ、なまめかしく夜を共にする。王楼で宴が止むと春のような気分に酔う。妃の兄弟姉妹はみな諸侯となり、うらやましくも一門は美しく輝く。ついには天下の親たちは男児より女児を生むことを喜ぶようになった。

驪山《りざん》の華清宮は雲に隠れるほど高く、この世のものとは思えない美しい音楽が風に翻り、あちらから聞こえてくる。のどかな調べ、緩やかな舞姿、楽器の音色も美しく、皇帝は終日見ても飽きることがない。その時に漁陽の進軍太鼓が地を揺るがして迫り、霓裳《げいしょう》羽衣《うい》の曲で楽しむ日々を驚かす。宮殿の門には煙と粉塵が立ち上り、兵車や兵馬の大軍は西南を目指す。カワセミの羽を飾った皇帝の御旗は、ゆらゆらと進んでは止まる。

都の門を出て百余里、軍隊は進まず、どうにもならない。美しい眉の美女は馬の前で命を落とす。螺鈿細工のかんざしは地面に落ちたままだ。拾いあげる人はいない。カワセミの羽の髪飾りも孔雀の形をした黄金のかんざしも、地に落ちたままである。皇帝は顔を覆うばかりで、助けることもできない。振り返っては血の涙を流し、まわりは土埃が舞い、風は物寂しく吹きつける。

雲がかかるほどの高い架け橋は、うねうねと曲がりくねり、剣閣山を登っている。峨眉山のふもとは道行く人も少なく、皇帝の所存を示す旌旗は輝きを失う。日の光も弱く蜀江の水は深い緑色で満ち、山は青々と茂るも皇帝は朝も日暮れも彼女を思い続ける。仮の宮殿で月を見れば心が痛み、雨の夜の鈴の音を聞けば断腸の思い、天下の情勢は大きく変わり、皇帝の御車は都へ向かう。ここに致って心を痛めるのだ。去ることもできない。馬嵬の土の中、泥の中に玉のような美しい顔を見ることはない。空しく死んだところで君臣互いに見合い、旅の夜を涙で湿らしている。東に都の門を望みながら、馬に任せて帰っていく。

帰り来たれば池苑の皆は太液《たいえき》の芙蓉、未央《びおう》の柳があった。芙蓉は面の如く柳は眉のよう。これに対してどうして涙を流さずにおられようか。春の風に桃や李の花が開く夜、秋の雨に梧桐の葉が落ちる時、西の宮殿や雨の庭園には秋風が茂り、落葉が階を染めても掃く人はいない。梨園（玄宗が育てた歌舞団）の弟子たちも白髪が目立ち、皇后の居室の宮女を取り締まる女官も、その美しさは消えてしまった。

夕方の宮殿に蛍が飛んで物思いは憂い悲しく、一つのあかりをともし続けてもまだ眠れない。時を告げる鐘と太鼓を聞く限り、夜の過ぎるのが初めて長く感じられる。天の川の輝きはかすかとなり空が明けようとしている。オシドリの形をした瓦は冷ややかで霜が重なり、カワセミの雌雄を織り出した寝具は寒々しく、いっしょに寝る人もいない。生死を分けて幾数年、魂は夢にも出てこない。

この時、臨邛の道士が長安を訪れていた。真心を込めた念力で魂を招き寄せられるという。眠れなく何度も寝返りを打つほど皇帝の思慕の情を思い、方士に彼女を捜し求めさせた。大空を押し分け、大気に乗り、雷の如く走りめぐる。天に昇り、地に入ってくまなく探すがどちらも広々としているだけで、姿は見当たらない。にわかに聞いたところによると、海上に仙山という山があるという。その山は何物も存在しないほど遠く、かすかなあたりにあるという。

楼閣は透き通るような美しさで五色の雲がわき上がっていた。その中に若く美しい仙女がたくさんいた。雲のような肌、花のような容貌。その様子は楊貴妃にほとんどそっくりである。黄金造りの御殿の西側の建物を訪れ、玉で飾られた扇を叩き、小玉《しょうぎょく》に頼んで楊貴妃の女官である双成《そうせい》に自分が来たことを伝えてもらう。聞けば漢の天子の使いであるという。華麗な刺繍の帳の中で夢を見ている楊貴妃の魂は驚き、目覚める。衣装をまとい、枕を押しやって起き出してさまよい歩きだす。真珠のすだれや銀の屏風が次々と開かれていく。雲のような髪の毛は半ば偏って、目覚めたばかりの様子。花の冠も整えないまま、堂を下りてくる。風が吹き、仙女のたもとはひらひらと舞い上がる。まるで霓裳羽衣の舞のようだ。玉のような容貌は寂しげで涙がはらはらとこぼれる。一枝の梨の花が春の雨にうたれるようである。想いを込めてじっと見つめ、皇帝に謝辞を述べる。

別れ以来、皇帝の声も姿も共に遠ざかり、昭陽殿での寵愛も絶え、蓬莱宮の中で過ごした年月が長くなった。頭をめぐらせ、はるか人間界を望めば長安は見えず、塵や霧が広がっている。思い出の品でただ深い情を示したいと螺鈿細工と小箱の一方を残す。かんざしは黄金を裂き、小箱は螺鈿を分かちあう。金や螺鈿のように心を堅くさせれば天上の人間界に別れた二人も必ず会うことができるだろう。別れにあたっては丁寧に重ねて言葉を送る。言葉の中から二人だけの言葉があった。天にあっては願わくは比翼の鳥となり、地にあっては願わくは連理の枝となりたい。天地はいつまでも変わらないが、いつかは尽きる

時がある。しかしこの悲しみは綿々といつまでも絶えることがないだろう。（白氏文集）

この漢詩訳を読んでとにかく感動した。死しても尚楊貴妃を思う玄宗皇帝があわれに思えてきた。更に負け戦はこういうものだろう。戦いは常に勝者と敗者があり、私はここにも敗者の美を感ずる。勝者に語られる内容には、特に感動する物語は少ない。

この物語は『方丈記』の無常を感じさせる。また、小林秀雄の『無常ということ』を想定させる。前半は「喜」であり、中盤は「転」であり、後半は「悲」である。この変化の対比はおもしろい。

音楽でいえばＡＢＡの三部型式だ。更に調は長調、短調（長と短が入れかわる。例えばフォーレのレクイエム）、そして最後は当然短調だ。更にいえばリタルダンドで終わる感じがする。但し全くの短調終息ではなく、最終音は少し長調を入れるといったものだろう。まあ、モーツァルトの終わり方だろう。

芸術は、文学であろうと音楽であろうと美術であろうと同じだ。あのダンテの神曲も地獄、煉獄、天国の三部構成で神話上の人物が多く登場し、『長恨歌』とよく似ている。物語の進行は最後わずかな希望をにおわせ、余韻を含んでいる。

こうした腕は白居易は韻を踏んで書いているが私は驚きだ。中国の詩人は当たり前とも思うが、レベルの高い詩人たちができることだと思う。思うことは多いが、また時間が経ったら再読してみようと思う。

『水滸伝』

『水滸伝』は明代の中国で書かれた長編小説だ。作者は羅貫中。『西遊記』『三国志演義』『金瓶梅』と共に、中国の四大寄書の一つと言われる。

「滸」はほとりの意味で「水のほとりの物語」ということになる。本拠地の梁山泊は優れた人物が集まる有志の集合場所ということになる。

時代は北宋末期、汚職官吏や不正がはびこる世で、様々な事情で世からつまはじきにされた好漢百八人が戦いの中で梁山泊と言われる自然の要塞に集結し、悪徳官吏を打倒し、国を救おうとした物語である。

もちろん実話ではないが、中国、日本では大変人気が高い。ただ現在の中国共産党は投降主義的と見なし、降伏経験のある幹部や原則主義の立場から妥協的である幹部への批判があり、水滸伝批判が行われた。但し、文化大革命によってこういった政治的位置づけはなくなった。今では京劇の上演もあるという。

現在でも時の政府によって過去の批判が変化するのは当たり前のようで、日本においても尊王攘夷における位置付けは変化した経験がある。

清の西太后は物語を好んだ。

主だった人物を掲げよう。宋江《そうこう》（梁山泊の首領）、呉用《ごよう》（軍師）、公孫勝《こうそんしょう》（道術使いの道士）、林冲《りんちゅう》（槍の名手）、花栄《かえい》（弓の名手）、柴進《さいしん》（周皇帝の子孫）、魯智深《ろちしん》（大刀無双の破戒僧）、武松《ぶしょう》（拳法の達人）、楊志《ようし》（顔のあざがある武人）、李逵《りき》（二丁板斧の使い手で斬りこみ隊長）、史進《ししん》（上半身に九匹の竜の刺青）、李俊《りしゅん》（水軍総帥）、燕青《えんせい》（あらゆることに通じる美青年）、晁蓋《ちょうがい》（二代目首領）、王倫《おうりん》（初代首領）などだ。

北宋は第四代仁宗の時代、国の全土に疫病がまん延し、打てる手を尽くした朝廷は最後の手として、竜虎山に住む仙人、張天師《ちょうてんし》（五斗米道につながる）に祈祷を依頼するため、大尉の洪信《こうしん》を使者として派遣する。竜虎山に着いた洪信は白い大蛇や虎に出遭うが童子に化身した張天師と会い、都へと向かわせる。

翌日、道観内を見学する洪信は「伏魔殿」に厳重に封印された扇を見る。昔、唐の時代天界を追放された百八の魔星を代々封印している場所で、絶対に開けてはならないと言われてきた。しかし興味をもった彼は道士の言うことを聞かず、権力をもって無理に扇を開けさせる。「遇洪而開」（洪に遇って開く）の四文字の石碑があり、これを開けると閃光が走り、三十六の天罡星《てんこうせい》と七十二の地煞星《ちさつせい》が天空へと飛びたった。恐れをなした洪信は皆に口止めをさせて山を下り、都へと戻った。その後、祈祷の霊験もあって疫病は収まり、数十年の時が過ぎていった。洪大尉を始め、竜虎山での事件を知る者の多くは既にこの世を去った。

天下は第八代皇帝（徽宗）が治める時代となっていたが、その寵臣に高俅《こうきゅう》という男がいた。この男は天才的な蹴鞠の腕だけで異例の出世を遂げた悪漢で、帝の寵愛を受け、好き勝手に振る舞っていた。禁軍の棒術指南である王進《おうしん》は父がゴロツキ時代の高俅を逮捕したことがあり、報復を恐れて都から逃げた。途中、中華州の豪族農家の一人息子史進《ししん》に会い、彼に武芸を教えた。史進はその後しばらくして少華山の山賊と交流を持つようになるが、役人に知れ、故郷を出て諸国遍歴の旅に出た。史進は渭水で情に厚く豪放磊落な下級武官、芸人の親子を救おうとするが、誤って高利貸を殺してしまい逃走する。五台山（中国の三大霊山、現在は世界遺産）に逃げこんで出家し、魯智深《ろちしん》の法号を得る。しかし大の酒好きで天衣無縫の魯智深には寺務めは肌に合わず破門となる。何とか目をかけてくれる禅師の紹介で都の大寺院大相国寺の菜園番となる。

魯智深は都で禁軍槍棒術師範の林冲と意気投合し、義兄弟となる。だが林冲は妻が高俅の息子に横恋慕されたために無実の罪に陥り、流罪となる。仲間にも裏切られた。何度も命を落としそうになった林冲は魯智深や流刑先の大富豪柴進の助けでなんとか生き延び、柴進の紹介で済州にある山賊の根城、水郷梁山泊へ向かう。主領の王倫は柴進の旧知だが、狭量な男で任務に失敗して武官の揚志と交戦する。揚志の腕を見た王倫は林冲への対抗勢力として入山を勧めるが、大赦を機に復職を目指す楊志は拒絶。王倫はやむなく林冲の入山を認めざるを得なくなる。

一方、都へ向かった楊志は復職に失敗。自暴自棄になっていたところをゴロツキに絡まれ、殺害する。北京大名府での労役という刑罰を受けるが、御前試合で活躍したことにより留守の梁世傑《りょうせいけつ》に気に入られ、復職を果たす。数ヶ月後、楊志は梁世傑の舅で宰相の蔡京《さいけい》への莫大な誕生祝（実質はわいろ）生辰綱の運搬の責任者となる。

済州鄆城県の名主の晁蓋は民から搾取した不義の財、生辰綱の存在を知り、これを強奪することを計画する。呉用、公孫勝ら七人の仲間と共に計画を成功させる。任務に失敗し、帰る所のなくなった揚志は再び放浪の旅に出ていた魯智深と出会う。共に青州二竜山にいる山賊退治をし、ここを根城とした。

また、晁蓋らは生辰綱強奪の犯人であることが官憲に知れるが、県の役人でもある宗江の助けにより梁山泊へ逃げ込む。王倫は彼らを追い出そうとするが激怒した林冲に殺され、晁蓋を首領とする新たな体制が作られた。

晁蓋は宗江にお礼の手紙を贈るが、それが宗江のなじみの芸妓に奪われてしまった。彼女に恐喝された宗江は彼女を殺害し、親交のあった柴進のもとへ逃れる。そこで彼は体術の達人である武松と親しくなるが、武松はその後、素手で虎退治や兄の敵討ちなど波乱万丈の末、魯智深たちの二竜山へ入り、同行する。

宗江は柴進の屋敷を離れた後、親友花栄のもとへ向かう。そこで騒動に巻きこまれた宗江は花栄や秦明らと共に梁山泊へ向かう。途中、宗江のみが故郷の父が病死したとの知らせを受け、一行から離れるが、家ではまだ父は存命であった。自分の身を案じた父の策略だったと知る。父の勧めで宗江は自首し、江州に流される。ここでも宗江は塩密売の元締め李俊や牢役人の戴宗、李俊たちのような好漢の知らせを受け、駆けつけた梁山泊の一行が刑場に乱入して二人を救出する。

宗江たちはそのまま梁山泊に入山する。入山後すぐに家族を迎え入れるため、宗江は故郷に戻るが、そこで官憲に見つかる。追手からのがれた宗江は古い廟へと逃げこむが、そこで夢の中に九天玄女（戦術と兵法を司る女神で史書を持つ）が現れ、自分たちがかつてこの世に解き放たれた百八の魔星の転生した姿であることを告げられ、天界に戻るため今しばらく現世にいて、民を助けて忠義を全うし、罪を償わなければならないことを説かれる。目を覚ました宗江は懐を探ると夢の中で受け取った三巻の天書が入っていた。

その後、梁山泊へ戻った宗江たちが討伐しようとする者たちとの戦いが待っていた。一名主ながら名うての武芸者が集まる独竜岡の祝家荘、高唐州の知府で妖術使いの高廉《こうれん》、軍神と言われた呼延灼《こえんしゃく》を始め、高廉に捕えられていた柴進、二竜山の魯智深一行を始めとする青州の山賊たち。少華山で山賊となっていた史進たちを仲間に加え、一大勢力となった梁山泊だが、官軍の他にもこれを倒して名をあげようとする者たちが現れる。芒碭山の妖術使いは梁山泊に敗れ、降伏するが、女真族の治める曾頭市の戦いは苦戦を強いられた。首領の晁蓋が毒矢にあたり、落命する悲劇に会う。皆は次の首領に宗江を押すが、「自分の仇を討った者を次の首領に」という遺言を守ろうとする宗江は辞退する。但し仮の首領にはなった。

晁蓋の百箇日法要で北京の大商人盧俊義《ろしゅんぎ》の声明を耳にした宗江は彼を仲間にしようと策を巡らすが、盧俊義は梁山泊へ内通したとして役人に逮捕される。彼の忠僕の燕青にこのことを知らされた梁山泊軍は北京を襲い、彼を救出し、攻め寄せてきた討伐軍も打ち破り仲間に引き入れる。再度攻めてきた曾頭市との戦いが始まり、これらを滅ぼした梁山泊だが晁蓋の仇を討ったのは盧俊義だった。これは彼の矢がそのことを示していた。宗江は彼に首領の座を譲ろうとするが、皆が反対し、東平府と東昌府どちらかを先に落とした方が首領となることに決定。結果、宗江は軍を率いて東平府を陥落させ、改めて彼が正式の首領についた。この戦いで梁山泊の頭領は百八人になっていた。宗江はこれまで死んでいった仲間たちの大規模な供養を行うが、その時、天から一つの火の玉が降り注ぎ、山の南に落下する。そこには古代文字で宗江ら百八人の頭領とそれに対する百八の魔生が集結したことが書かれていた。

百八人集結後、宗江は招安を受け、朝廷に帰順して官職を授かる思いが強かった。そして国のために尽くしたいと望むようになったが、林冲や李逵ら頭領の中には不満を持つ者もいた。招安へ向けて一度目、二度目は失敗、高俅らが攻め寄せてきた梁山泊軍はこれを破り、高俅を虜とした。林冲らは彼を殺そうとするが、宗江はあえて彼を送り返し、一方で帝のお気に入りの芸妓を通じて交渉を行い、ついに招安を実現させた。不満を持つ者も多かったが宗江に従い、梁山泊は晴れて官軍となった。しかし高俅はにがにがしく思い、宗の国に不満を持つ異民族の討伐軍を率いさせる。梁山泊軍は士気高く、遼、田虎、王慶を破るが、奸臣たちは戦功をもみ消し、何の恩賞もなかった。李俊たちは不満を再び抱き、朝廷に反旗を翻すように宋江に求めるが、宋江の決意は固く了解しなかった。

王慶戦の後、公孫勝が一行を去り、四人が朝廷に引き抜かれた。百八星は欠けていく。終わりの始まりであった。連戦に次ぐ連戦で疲れた彼らは仲間が三分の一に減っていた。二十七人は官職につき任地へ向かう。残りはそれぞれの人生を送ることとなった。その後宋江は毒酒をもられ死亡。仲間たちは自殺する者も多かったという。それを知った帝は、宋江らの墓前で自ら筆をふるい、その忠心を称える廟を建てる。百八の像を安置するとその後霊験を表し、土地の人々に末永く祭られたのであった。

悪政はいつの時代でもある。日本、ロシア、アメリカなど現代でも世界中にはびこる。善意の人がうとまれ、わいろなどで上におもねる人間が好まれる。私も若い時、前者でやはり上から嫌われた。要はなまいきなのだ。現代の公務員、会社の景色と何も変わらない。

物語ではこれを乗り越えて正義を貫き、国に認めさせた百八人は称賛に値する。最後は命を落としてまで国に奉仕したのだ。何が災いするか人生はわからない。誹謗、中傷で命を落とす当時の人々、味方と思っていたら身近な人が裏切ったりすることもある。周りは敵ばかりのようだが真に心を通い合った者たちはどんな時代でも裏切らない。あの新選組のように。彼らは死してもあの世できっと肩を組んで酒を飲んでいるだろう。

　私も正直すぎて損をしたかもしれないが、退職後は多くの友人に囲まれて楽しく生活している。昔の部下が相談に来ることもあるが、常に正直でまっすぐに歩め、と言ってある。反面、ごまをすった元上司は寂しい老後を送っていると、風のたよりに聞いた。こうした信頼か金かの二つの中で人間は生きている。どちらでも好きな道を選べばいいのだ。

『菜根譚』に学ぶ

中国では長く厳しい乱世が続いたので多くの処生術を生む。明代末の『菜根譚』（作者：洪自誠）は社会にあって身を処する世知と、世事を離れ人生を味わう心得の双方を記した。この書は、江戸期に和訳された後、生涯の道を説くものとして、多くの日本人の座右の書となった。

◆人と交わる◆

世の中を渡るには一歩譲る気持ちが大事である。一歩退けば、将来一歩進めることができる。水前寺清子の三歩歩んで二歩下がるというような意味だと思っている。中国の道家を代表する老子は天地の偉大さを次のように述べている。

天地が永遠であるのは、天地が自ら自分の命を長らえようとしないからだ。ことさらな作為がないなら、あのような永遠でいられるのだ。

老子はこのような天地長久のさまを説明する。偉大な聖人の処世術はこの天地のあり方をモデルにする。私はこの一歩譲る考え方が大好きだ。これできっと争いはないだろう。

◆施しの気持ち◆

恩を施す者が、心の内にその自分を意識せず、施す相手の感謝を意識しなければ、わずかな施しであってもそれは莫大な恩恵に値する。利益を与えようとする者が自分の施しの額を計算し、報酬を求めるなら、巨額のお金を与えたとしても一文の値打ちもない。施しとは計算で損得を計算するものではないと思う。自分の施しが多いのに見返りが少ないことを怒るなどもっての他と思う。

◆度量衡の例え◆

秦の始皇帝は紀元前二二一年、天下を統一し、秦帝国を立てた。そこで始皇帝が行った度は長さ、量は容積、衡は重量だ。戦国時代のこの時代は国ごとに度量衡は違っていた。国によって字体が違うのと同じだ。中国を統一するなら度量衡も統一せねばならないと考えた。具体的には度量衡器を配布したらしい。

こうした工夫はきっと全国統一に役立っただろうと思う。ただ、日本に伝わってきた度量衡の単位は日本とは違っていた。例えば距離の単位である里は、古代中国では三百歩、後に三百六十歩となり、現代中国では五〇〇メートルだ。日本では約四キロである。中国の古典を読む時はこれを知らないといけない。

困った日本の学者は度量衡について研究を重ねた。荻生徂徠の度量衡学だ。それは複雑だったと中井履軒も言っている。こうした知識を前提に本を読むと、意味は次第に理解できるという。私にはさっぱりだがわかる人にはわかるのだろう。

災害救助でも何か事を始める時、現代はクラウドファンディングがあり、皆の善意で多くのお金が集まるようになった。いい時代だと思う。特に災害復旧資金を集めるには善意のかたまりのお金が集まる。これが渋自誠の望んだ社会なのではないだろうか。

◆清濁あわせ飲む度量◆

汚れた土地は多くの作物を生ずる。そういえば寛政の改革で松平定信の政策を皮肉ったものだと覚えている。水清ければ魚住まず。失脚した田沼意次はけっこう黒い人物だったが、これを江戸の民衆は懐しんだ。

これは渋自誠の言っていることと全く同じだ。私もこういうことを現役のサラリーマン時代に多く経験した。

私は銀行員だったので、融資をする時は銀行の規準通りの期間で金利も定まっている。しかし、古くからの財務内容が悪い先ならやや長期にして金利も安い。業績悪化でも競売にせず、話し合いで債権をカットして返せる分だけ返す。今で言えば民事再生法だ。こうして正当にやれば債権者を破産させることもできるが、百年を超える昔の取引先には絶対に破産させない。こうした清濁あわせ飲みの度量が債権者にはいるのだ。

この汚れを受け入れるということは土地にも言える。除草剤をまけば雑草は生えないが、その他の主要作物も育たない。「地の穢れたるは多く物を生じ、水の清きは常に魚なし。故に君子は、当に垢を含み汚を納るるの量を存すべし。潔を好み独り行うの操を持すべからず」と洪自誠は言っている。

◆中庸の喜び◆

『菜根譚』では「中位」がいいという。

人間でも生物でも優秀、普通、劣後は二対六対二である。私はサラリーマン時代に特に感じた。会社や支店の業績は上の二が作る。そして下の二の給料分の収益も無駄にしてしまう。真中の六は毒にも薬にもならなく、平凡な人々だ。しかし、どんな軍隊でも会社でも真中の六が活躍すると大きな力となるのだ。

しかし、洪自誠は六のままでいようとする。居心地がいいからだ。また薄い味つけはいいという。うどんでも西日本は薄く、東日本は濃い。これは長生きするかどうかのバロメーターと私は思っている。煮物も薄口にするとよいのだろう。洪自誠はこれを知っていた。「過ぎたるはなお及ばざるが如し」ということだ。度をこえると毒になる。酒はまさにこれが言える。おいしいが深酒すると翌日は苦しく、またγ－GTPが上がって肝臓ガンになる。私はその手前だ。自分で知っていながらできていないのはなんとも情けない。

話は前に戻るが小学校でも二六二、中学校でも同じ。優秀な高校へ行っても二六二。また勉強ができなくても二六二。動物でも下の二は命を落とす。こうして真中にいることのありがたさをよく知ることだ。特に出世についてもこれは絶対にいえると断言する。

◆晩年の光◆

夕日の輝きとみかんの香り。この二つを使って『菜根譚』は人生の晩年のすばらしさを語っている。夕日は実に美しい。「たそがれ」という美しい日本語があるが「誰ぞ彼」から出ている。夕には顔も見えないのだ。

『枕草子』に「秋は夕暮れ。夕日のさして山の端いと近うなりたるに、烏の寝どころへ行くとて、三つ四つ、二つ三つなど、飛びいそぐさへあはれなり。まいて雁などのつらねたるが、いと小さく見ゆるはいとをかし。日入りはてて、風の音、虫の音など、はたいふべきにあらず」とある。清少納言は秋の風情を「あはれ」とか「をかし」という趣の表現をしている。晩年のすばらしさを讃えたのであろう。

私も六十五歳となり晩年間近だ。高齢者の仲間入りだ。私の友人は皆、かくしゃくとしていて前向きである。しかし体はややあやしくなってきた。

◆分に過ぎる幸せ◆

分に過ぎる幸せや理由のない授り物は、天が人をつり上げるための餌でなければ、人の世の落とし穴である。ここをきちんと見極めないと天や人の設けた術中に落ちてしまう。

少し前だが、和歌山県でドン・ファン事件があった。相当の財産を持った老人と若い女性が結婚し、その老人が死亡した。当時は犯人不明で、お手伝いさんや妻が疑われたことは言うまでもない。やがて妻が逮捕された。ドン・ファンは毒を飲まされて死んだ。このケースで誰が幸せになっただろう。

また、テレビドラマや映画にもなった、松本清張の『けものみち』という本がある。寝たきりの老人の財産を狙うホステスの女の話だ。これも誰も幸せにならなかった。

金を追えば不幸になる。私は、お金は自分の行いについてくると思っている。中国でもそうだが、日本でも宝くじに当たるとびくびくして過ごすという。あげくの果てに、竹やぶに捨てたり、ゴミに入れたりして大金が発見されることがある。兄弟でも多額の親の遺産相続で欲の皮が突っ張った相続人、そして妻たちがみにくい戦いをして、縁を切ったり、あげくの果てには殺人もあるようだ。

こうした悲しい話は皆、金が生んでいる。適当な財産が幸せを呼ぶのだと思う。先ほどの中庸の重要性、二六二につながる話だと思う。

◆不遇の時◆

道徳を住みかとして守り抜く者は、一時的に不遇で悲しい境地となる。権勢におもねり生きている者は一時的に栄えても、結局は痛ましい。達人は俗世間の外を見て死後も永遠の生命を思う。むしろ一時的に不遇であっても永遠の痛ましさが続く道は選んではいけないと洪自誠は言う。洪自誠は立派な名誉を独り占めしなかった。そのいくらかを他人に譲れば危害を遠ざけ、身を全うすることができる。日本ではこれを「おすそわけ」といっている。

私の隣家の農家の方は、作物ができるといつもおすそわけをしてくれる。私や妻も旅行へ行くと必ずおみやげを買ってくる。こうして隣人とおすそわけや心配りで成り立っているので、とても住み心地がよい。

中国では春秋時代の范蠡《はんれい》という人物がいた。越王句践《こうせん》に仕え、呉との数十年の戦で参謀として活躍した。そして呉を滅ぼす。その功績に対し范蠡は大きな恩賞をもらうが「大きな名誉に長くいてはならない。事業を成功させ、名をあげたら身を退くのが天道だ」として官を辞したという。

この生き方に私はしびれ、処生訓としている。

◆人生を磨く砥石◆

孔子は自分の人生を振り返り、こう言った。

「吾十有五にして学に志す。三十にして立つ。四十にして惑はず。五十にして天命を知る。六十にして耳順《したが》ふ。七十にして心の欲する所に従へども、矩《のり》を踰《こ》えず」

また、多少違うが、人生をうたった、竹内まりやの「人生の扉」という歌を、私は何度も歌い涙する。

人生の扉

春がまた来るたび　ひとつ年を重ね
目に映る景色も　少しずつ変わるよ
陽気にはしゃいでいた　幼い日は遠く
気がつけば五十路を　越えた私がいる
信じられない速さで　時は過ぎ去ると　知ってしまったら
どんな小さいことも　覚えていたいと　心が言ったよ
満開の桜や　色づく山の紅葉を
この先いったい何度　見ることになるだろう
ひとつひとつ　人生の扉を開けては　感じるその重さ

ひとりひとり　愛する人たちのために　生きてゆきたいよ
君のデニムの青が　褪せてゆくほど　味わい増すように
長い旅路の果てに　輝く何かが　誰にでもあるさ

＊　＊

私は言いたい　二十歳って楽しい
あなたは言います　三十歳って素晴らしい
みんな言います　四十歳って美しい
でも私は五十歳って素敵だと感じています
私が六十歳って元気だと言うと
あなたは七十歳でも大丈夫と言います
みんな言います　八十歳でもまだいけると
私はたぶん九十歳以上生きるでしょうね
弱くなっていくのは悲しいと言うと

あなたは年をとっていくのが辛いと言います
みんな人生には何の意味がないと言うけど
それでも生きることは価値あると
私は信じています
眠れない真夜中、ふとこの曲をかけると涙する
今でも私はこれを書いて涙している

それぞれの年齢での心境を語った両者は、意味のある人生や従う人生を語っている。共通項は弱くなった、あるいはなっていく自分を素直に認め、まわりと調和して生きていくことだと思う。不満は人を前進させるのだ。一方、耳や心に何も不快感がないということは、一見よさそうだが、それは周囲がおもねる、自分を警戒しているからかもしれない。または自分が世の中と関わっていないからではないか。見せかけの満足にひたっているからか。この世で何も不満がなければ、そこで人の進歩は止まる。自分のことで自分の貴重な人生を毒の中に投げるようなものだ。

『菜根譚』は強烈な視点で私たちに迫ってくるのだ。

◆悪中の善、善中の悪◆

悪事を行いながら、人に知られることを恐れる者は、まだ悪の中にわずかな善へ向かう道があると言える。立派な行いをして、そのことを他人に知ってほしいと焦る者は、善意の行いもそのまま悪の根元になってしまう。特に後者は私にとって耳が痛い。孟子の性善説には、すべての人には善の心がすべて宿っているという。

どんな悪人でも、幼児が井戸に落ちかけているのを見るとはっとして、思わず救おうとする。それは子供を助けてその親と交際しようとしたからではなく、また村人からほめられようと思ったからではなく、ここで見殺しにしたら非難されると思ったからでもない。かわいそうだという純真な気持ちがとっさにそうさせたのだ。そして静かにわが心を見つめてみると誰にでもこうした気持ちがあることに気がつくというのだ。孟子はこれを「惻隠」の情という。

洪自誠は悪人に対する似たような見方がある。悪事を働く一方、そのことを他人に知られたくないと思う。それはまだ救いがあるという。その行為は悪いのだがわずかに善に向かう道があるということだ。

逆に善中の悪とは、どんなに立派な行いであっても決して評価できない場面がある。それは自分の善行を他人に宣伝し、認めてもらおうと急ぐことである。自画自賛もほどほどにしておかないと自分の良心を傷つけることになると孟子は説く。私にも当てはまることが多々ある。うまく道を行く人は、車の轍《わだち》や足跡を残さない。本当の善意善行は人目にはつかない。私は早朝、道端でゴミを拾っている人を見た。何の欲もなく、ただひたすらである。

私の働いていた会社は一年のうち何回か、旗をかかげて〇〇会社ボランティアということをやった。しかもその日は市をあげての清掃をする日だった。私の住む岐阜市の岐阜公園を多くの団体がゴミ取りをやり、後の団体はゴミがない。私たちの会社は後の団体だった。エリアが決まっていて人目につくエリアだ。私は自分が情けなかった。それよりも上流で、人の目立たぬ川原はゴミがいっぱいある。すべての団体はここをやらない。目立たないからだ。しかし数人はここのゴミを拾っていた。小さな子供と母、老人だ。そんな人に私は手を合わせ、その日を終えた。いっしょにやろうとしても会社の団体行動であるため、自分勝手にはできなかった。

洪自誠は先ほどの悪や善が中国人全員にあるという。古来の伝統的な人間観にもとづくものなのだろう。

楊堅と煬帝

――照雄と知子のデート卒論

楊堅《ようけん》は中国隋の初代皇帝だ。文帝（五八一～六〇四年）と言われ、日本では聖徳太子の治世で、互いの治世時代とほぼ重なる。有名な日出ずる国に始まる国書を携えた話もここだ。第二代皇帝煬帝《ようだい》の父である。疑い深い性格だったが、有能な部下を用いて内政に注力し、科挙の創始者でもあった。中央集権体制を確立して約三百年ぶりに中国を統一した。治世は後の唐王朝からも評価された。中国皇帝の名君の一人でもある。

彼は北周の将軍、楊忠《ようちゅう》と呂苦桃の間に生まれる。楊氏は漢人で現在の中国の九四％を占める。そして彼は後漢の楊震の末裔で現在の陝西省渭南市を本貫《ほんがん》（氏族集団発地）とした。ただ楊氏は北魏が中国に属した時にもらった苗字であり、元は鮮卑の子孫である。よって漢人でありながら北方民族など非漢民族の血も流れている。彼の母は山東の漢族の呂苦桃であるが素性は不明だ。

彼は幼少から仏教に親しみを持っていた。生まれたのは陝西省般若寺である。仏教に親しんだのもうなずける。その後、寺は廃毀されたが即位後に出生地を懐かしみ、父母の供養もこめて大興国寺を建てた。華麗で荘厳であったという。日本では国分寺に相当する大きさという。

彼は十四歳の時、京兆尹《けいちょういん》（古代中国の官職名）の薛善《せつぜん》（北魏末から北周にかけての官僚）に召された。十五歳で父の功績により重職をさずかり、十六歳で驃騎大将軍となる。北周の明帝（西魏の宇文泰《うぶんたい》）が即位するとやがて大将軍となる。北斉（中国の南北朝時代に高氏によって建てられた国）の平定で功績をあげ、後に亳州総官となって着々と実力をつけたのであった。

五七八年、楊堅は長女の楊麗華《ようれいか》を北周の宣帝の皇后として立たせた。自身は上柱国《じょうちゅうこく》・大司馬（中国の官名の一つ。主に軍事を取り仕切る。いわゆる国防長官、日本なら防衛大臣）となり、宣帝の死後、静帝の下で左大丞相となり、北周の実権を握る。後に反乱（北周の軍人たち、いわゆる不満分子による）をおこされたが、彼は武力で押さえた。やがて大丞相となり、隋王となる。翌年、静帝から禅譲され、皇帝となる。ここに隋の国が誕生した。北周の宇文《うぶん》一族を多数殺害した。彼は都を長安とした。そして西晋以来、約三百年にわたり乱れた中国を統一した。

なお彼の妻は有名な独孤伽羅《どっこから》である。楊堅の長男の楊勇《ようゆう》が皇太子に立てられたが、この独孤皇后の画策で廃嫡される。次男の楊広《ようこう》（後の煬帝）が天子となる。独孤皇后は非常に気が強く、楊堅も頭が上がらなかったという。楊広は楊堅の愛人にちょっかいを出そうとしたが、独孤皇后は相当怒り、楊堅は長男の楊勇を呼び出そうとした。その直後に楊堅は死亡した。このあたりにも第二代皇帝煬帝の暴君さが垣間見られる。

第二代皇帝煬帝は、若き時代は楊広と言い、文帝（楊堅）の次男である。文帝が隋を建国すると晋王となり、北方の守りにつき、南朝の陳（南北朝時代に江南に存在。長江の南）の討伐が行われた際、討伐軍の総帥として活躍した。この時、初めて華やかな南朝文化に触れ、当地の仏教界の高僧と出会ったことが後の煬帝の政治に大きな影響を受けた。五九一年、天台智顗《ちぎ》（天台宗の開祖、日本の最澄にも影響を与える）より菩薩戒と総持の法名（居士号・戒名の末尾につける敬称）を授かり智者の号を賜わる。

彼の生母は独孤伽羅であることは既に述べた。中国では強い女性として、かなり人気が高いという、彼女は一夫一妻意識の強い匈奴独孤部（北朝の名門）の末裔であったので自分以外の女とは関係しないことを楊堅に誓わせた。彼女は質素倹約を好んだが、色男の長男・楊勇は派手で女好きだったので正室は疎かにした。皇后は大変長男を嫌った。次男の楊広はこの状況を利用して自分は正室だけを愛しているように装い、腹心による文帝への諫言を行い、楊勇を廃させ、皇太子の地位を射止めた。

六〇四年、文帝崩御に従い即位したが、崩御直前の文帝が煬帝を廃そうとして逆に暗殺された。

即位した煬帝はそれまでの倹約生活からうって変わって派手を好む生活を送る。また、廃止されていた残酷な刑を復活させ、謀反を企てた九族まで処刑されている。都の長安（当時は大興城という）を建設し、百万人の民衆を動員して大運河（北京から杭州まで。尚ここには世界遺産の西湖あり）を建設した。そして江南からの物資の輸送を送ることができるようになった。

対外的には煬帝は国外遠征を積極的に実施し、台湾や沖縄まで出兵して支配地を拡大した。また、六一二年には高句麗遠征したが三度目は失敗。離反者を釜茹でにするなどして隋の権威は失墜した。国の財政にも負担がかかり、恩賞を与えなかったりして将兵から恨みを買った。煬帝は江南へ逃げた。反乱の鎮圧に努めるが、酒色におぼれ、皇帝としての能力は失われた。ある日、眠れなかったので天を仰ぐと帝星が勢いなく、傍らにあった大星が妖しげな光を放っていたので、天文官に問うと、

「近頃、賊星が帝星の座を犯しています。また日光は四散してあたかも流血のごときの模

様を描いております。このまま時が過ぎますと恐らく不測の事態が起こるでしょうから、陛下には直ちに徳をおさめられてこの凶兆を払うことが肝要と思います」

この日から煬帝は上奏を受けつけず、上奏すれば斬罪にする旨の命令を出した。その後故郷への帰順を望む近衛兵を率いるが、隋の軍人宇文化及を盟主に推した家来たちに殺害された。五十歳であった。彼は皇帝として毒酒による自害を進められ、家臣二人に首をしめられた。

彼は歴史的には暴君として描写されるが近時は否定される傾向にある。例えば大運河の建設は長期間分裂していた中国統一の大事業であった。評価は誇張されているという説が多い。

二〇一三年、中国江蘇省楊州市の工事現場で古代遺跡が発見され、煬帝の墓であると発表された。また彼は統治者としては失格だったが、隋代を代表する文人・詩人でもあった。倭国との関係において第二回遣隋使（六〇七年）を遣わした。「日出づる処の天子、日没する処の天子に致す、恙無しや」の有名な聖徳太子の国書が送られた。天子とはもとより対等な関係を求めたものである。煬帝は気に入らなかったが高句麗遠征を控えて倭国との友好関係は必要と判断した。

照雄「なあ知子。煬帝は善者か悪者かどちらだと思う?」
知子「そうねえ、どちらの面もあって何とも言えないわ。それにしても照雄はよく調べたね。見直した。私も古代中国と大和という卒論を書いているけどあなたほどじゃないわ。まだそれ書き出しでしょ」
照雄「そうなんだ、煬帝についてはあまり資料がないんだ」
知子「私は父親の楊堅と独孤伽羅に興味を持つわ。かかあ天下だったのね。皇帝も手が出なかったのね。それに皇帝は誰もが認める名君だったのよ。やはり女に手を出すのは悪い君主。あなたも私生活に気をつけなさい。私たち大学生だからいいけど、この世は会社内で不倫だらけよ」
照雄「ちょっと待てよ。僕、そんなに悪い奴に見えるかい?」
知子「いや、そうではないけど、私たち、将来結婚するって約束したじゃない。もう忘れたの?」
照雄「覚えているよ。そんなに責めないで」
知子「私も独孤伽羅みたいになろうかなあ。へへへ」

照雄「全く予防線を張りやがって。じゃあ、不倫しなかったら亭主関白になってやる」
知子「そしたら離婚ね。いつまでも私の尻にしかれなさい」
照雄「そんなこと言われたら、はいとしか言えないよ」
知子「始めに戻って全体の論文はまだまだね。発表が十一月だからあと三ケ月。就職活動もやらなくちゃいけないし、夏休みは没だわ」
照雄「互いに頑張って卒業しよう」
知子「そうね」

こうして二人は楽しい会話の中で、卒論の内容を悩みながらも将来を確かめあい、かかあ天下をよしとする照雄だった。

空海

空海は七七四年生まれ、平安時代初期の僧である。弘法大師と言われ、真言宗の開祖である。天台宗の最澄と共に、奈良仏教から平安仏教へと転換するかけはしの存在だった。どちらも大乗仏教の中でヒンズー教の影響を受けた密教である。護摩供養を根本とする。二人は遣唐使として日本海を渡り、唐で学んだ。シルクロードを経て密教は西方にも伝わった。曼荼羅を体系づけたことでも有名だ。更に空海の書は嵯峨天皇、橘逸勢と共に三筆の一人でもある。彼の足跡は日本全国に広く存在している。

私は若き時代に種ケ島へ行った。偶然にも海岸で空海の遣唐使船発着の地という案内板を見る。そこは日本のロケット発着地の側であった。古代と現代がこの島に共存するのかと思うと不思議な気がした。

彼は荒波にもまれ、八〇六年、無事博多に到着。大宰府に滞在した。二十年の留学期間をわずか二年で切り上げ、帰国する。その間多くの仏典を学んで日本に帰国するという頭脳はいかほどか。

九二一年、醍醐天皇から弘法大師のおくり名が贈られた。彼は高野山奥之院で「南無大師遍照金剛」の呼称で宗祖への崇拝を確立することを修行の第一歩とした。我が家でもこの言葉が紙となって壁に張ってある。彼は四国で山岳修行し、四国八十八ヶ所の霊場を残し、今でも多くの人々が八十八の寺を訪れている。四国に限らず、八十八の寺院は各地に存在し、美濃、関東、そして小豆島など大中小の都市に人々の心を潤している。私の家、岐阜市鏡島でも鏡島弘法があるが、この一角には四国の各寺院の名が残され、高齢者や足の不自由な方でも八十八ヵ所へ巡礼に行ったと同じ価値を持つらしい。

私と妻は高野山に宿伯した。昔は女人禁制で、一定の位置までしか行けず、奥之院に行くことはできなかった。今は違う。こうして宿坊に夫婦で宿伯できるのだ。ここには私の祖母の骨があることもあり、私の強い願望があった。奥之院は神聖で透明感あふれ、高村光太郎の「秋は嘵嘵と空に鳴り、空は水色、鳥が飛び、魂いななき……」というすがしさがあった。

多くの武将の墓がある。徳川家康、明智光秀、上杉謙信、武田信玄など数えきれないくらいの墓だ。奥之院まではそこそこ拒離はあるが、左右を見ながら進めば時間は気にならなかった。宿坊の料理はひたすら野菜だ。メインは高野豆腐である。寒い冬に仕込んで固い豆腐をなべにしたり、そのまま食べる。魚肉は禁止だ。朝の勤めは早く、お経は朝三時頃から聞こえる。私は五時頃勤めをした。妻は寝ていた。過去の悪行を反省するにはもってこいの場所だ。

但し高野山は行けそうでなかなか行けない。車では無理だ。基本的に大阪難波から電車とケーブルカーで上がって駅からバスに乗って山門へ行く。昔は馬車だった。非常にゆったりとした歩みで、小学校の時、馬車にひかれて山門まで行った記憶がある。何しろ人の歩みより遅いのだ。高野山は町全体が寺町なので、至るところで僧侶を見かける。本屋は過半数が仏教関係だ。その中でキリスト教の本があったのは驚いた。

そういえば最澄と空海は唐から帰国して、高野山で二人は会見した。しかし意見の相違で決別して、比叡山と高野山で教えを説き始めた。一説によればユダヤ教やキリスト教が関係あるらしい。このあたりは日ユ同祖論でもしきりに語られている。

空海はキリスト教を信じ、事実、お参りの際、十字を切る。最澄はユダヤ教を信じていたともいう。真実は不明だが、火のないところに煙は立たないという。ただ比叡山は信長の焼き討ちで大半が燃え、今は寂しいものだ。一方、高野山は炎上もせず、世界遺産となっている。世界も一目を置いている。

私は合唱団に所属しバチカンのサンピエトロ寺院でモーツァルトのレクイエムを歌う幸運に恵まれた。ローマ法皇を間近にして感激したものだ。客席には何と高野山のトップの方が最前列にすわっていらっしゃった。こうして宗教は人類愛、世界平和、苦しみを取り除いて希望の星となるよう努力している。宗教こそ違え、平和を愛する教えはキリスト教も仏教も同じなのだろう。

平清盛

平清盛は平安時代末期、桓武天皇の直系である伊勢平氏の子孫である。やがて清盛は平家の棟梁となり、保元の乱で後白河天皇の信頼を得て、平治の乱で最終的な勝利者となり、武士としては初めて太政大臣に任じられる。日宋貿易によって財政基盤をかため、宋銭を日本国内で流通させて経済の基礎を築いた。

私は妻と何度も神戸へ行き、飲食を楽しんだ。今では、三宮、元町など大変な観光地になっており、清盛の栄光が今日まで輝いている。

平氏に反発した後白河法皇と対立して、治承三年の政変で法皇を幽閉し、徳子の産んだ安徳天皇を擁して政治の実権を握るが、平氏の独裁は公家、寺社、武士などから反発を受け、源氏による平氏討伐の兵が挙がる中、病死した。一一八一年、六十四歳だった。

『平家物語』によると、白河法皇の寵愛を受けて懐妊した祇園女御が平忠盛に下賜され、清盛が生まれたとある。また清盛は忠盛の正室の子ではないが嫡男となった背景には、後見役である祇園女御の権勢があったと考えられる。十二歳で従五位下、左兵衛佐（国司に相当、天武時代に成立）に叙任。やがて太政大臣まで昇進した。王家との身内関係が信じられていた。

一一四七年、清盛は祇園社に赴くが、郎等の武具をとがめた神人（下級神職）と小競り合いとなり、郎等の放った矢が宝殿に当たるという事件が発生する。清盛は大郎坊天句のたたりをほのめかせ、彼らをおどかした。祇園社を末寺とする延暦寺は忠盛、清盛の配流を要求し強訴するが、鳥羽法皇は二人をかばい、わずかな罰金刑にとどめた。やがて清盛は安藝守に任じられ、瀬戸内海の制海権を手にし莫大な利益をあげた。西は清盛のものとなった。今では日本三景の一つで、すべて国宝か重要文化財になっている。

私は修学旅行のみならず、その後妻とも訪れた。多くの外国人が訪れ、誇らしい気分になった。なお広島県は牡蠣の産地でもあり、食も充実している。きっと清盛もここで十分楽しんだのだろう。私はこの時、芦屋に住んでおり、宮島は比較的近かった。瀬戸内海は良い観光地で、魚は何を食べてもおいしい。また愛媛県のみかんは甘く日本中でスーパーなどに売られている。

時は保元元年（一一五六年）、保元の乱が起こり、義母池禅尼《いけのぜんに》が崇徳上皇の子重仁《しげひと》親王の乳母であったので、清盛の立場は難しかった。それでも彼は平家一門と共に後白河天皇につき勝利する。平治元年（一一五九年）の平治の乱では反信西《しんぜい》派を一掃し、政治的地位を高めた。しかし彼に対する不満は強く、政務は平宗盛に任せて福原の雪見御所（清盛の邸宅）へ引き下がる。

この頃、源氏は以仁王《もちひとおう》の直属、源頼政を中心に反発。興福寺も後押しし、クーデターを起こすが発覚して以仁王と頼政は殺された。

私は雪見御所へ行ったが現在は石柱が建ってひっそりとしている。やがて清盛は日宋貿易で熱帯から荷物にひそんでいたと思うマラリア蚊にさされ、高熱で亡くなった。

歴史的には「おごれる人」の代表で悪行の行きつくところとされる。それでも彼は温厚で情け深い人ということである。私は伊勢神宮に行った時、彼の足跡があり、思わずじっとたたずんだ。敗者の美を十分感じさせる。

三度の瀬戸内の戦いで壇の浦に沈んだ平家一門の悲哀、小さな安徳天皇の入水を『平家物語』で読む時、もののあわれを感ずるには余りあった。清盛の死は一一八一年、六十四歳であった。

ロシアとウクライナの歴史の考察

現在、ロシアとウクライナで激しい戦いが続いている。欧米各国を始め日本も現状変更は許さずという立場である。国連も各国も同様だ。

私はこれを正当と思う一方、果たしてそうであろうかとの疑問も持つ。

キーウ、昔はキエフといったが、千年前にはキエフ・ルーシという国だった。この国は九世紀から十三世紀にかけて今のウクライナやロシアにまたがる国であった。キエフ・ルーシを形成したのは東スラブ人。十二世紀に編纂された書物では『原初年代記』という本があり、東スラブ人のポリャーネ氏族の三兄弟がキーイ、シチュク、ホリフそして妹が町を作った。一番上の兄の名をとってキーウ（キエフ）と名付けたという。

後に国を作ったのはバイキングでオレフという人物だ。八八二年にキエフ公となったオレフは首都をキエフに移してキエフ・ルーシを建国した。キエフ大公の「ヴィロディミル」（九八〇～一〇一五）である。ロシアではウラジミールと呼ばれる。

彼は国をキリスト教に教化し、「聖公」と呼ばれた。息子のヤロスフクは内政外交に能力を発揮した。そして「賢公」と呼ばれたらしい。現在は世界遺産である、聖ソフィア大聖堂が作られている。

キエフ・ルーシは貿易と商業が発達していた。中世ヨーロッパはほとんどが農村であり、王侯貴族は商業農業を低く見ていた。しかしキエフ・ルーシは商業を重んじて富が多かった。十二世紀にはフランスに運ばれて絹織物はルーシ物と呼ばれた。重宝されキエフ・ルーシは繁栄した。

ここはもともと多神教であったが国の規模が大きくなりキリスト教国家となると統一国家として他国と共存ができ、都合が良かったのだろう。ただ十三世紀のモンゴルの侵攻により滅んでいった。

一二四〇年、キエフが陥落してキエフ・ルーシは消滅。モスクワはこれに乗じてキエフを併合した。その後出てくるのはハールィチ・ヴォルィーニ大公国である。ウクライナの西で栄え、今の攻撃されているリビウのあたりである。これが最初のウクライナと言われるようだ。

プーチンは両国が兄弟であるとし、一民族とかかげている。中国と台湾のような関係だ。奪い取ったウクライナの一部に「おかえり」というのもそういうことだろう。精神、文化、人間的につながる国は何百年にもわたって作られた。

一方でキエフのキエフ・ルーシの考え方はつぎのようである。ウクライナはロシアの一部ではなく千年以上前から栄光の国であると。モスクワはキエフ・ルーシの一部だという考え方である。どうやら言語も違うらしい。立場代われば自国優位に考えるのも当然だ。

こういった歴史を元にプーチンはウクライナを併合しようとするがウクライナは断固拒否だ。欧米は現状変更許さじとする。

ただ戦争で奪おうとするのは根本的に間違いである。プーチンが話し合いでまとめれば、そしてウクライナが納得すれば私はロシアの言い分を正当と思いたい。私も歴史重視の人であるから。

著者プロフィール
吉田 昭雄（よしだ あきお）
1957年生まれ。
岐阜県出身。
県立岐阜高等学校、慶應義塾大学経済学部卒業。
銀行員として37年間勤め、2017年に退職。
趣味：ピアノ演奏、クラシック音楽鑑賞、怪獣映画鑑賞、一人旅、
短歌・俳句作り、酒
〔既刊書〕『望郷にあるものは』（2018年１月　文芸社）
『時代と共に 銀行の中』（2018年10月　文芸社）
『諸説王国と宝石』（2022年８月　文芸社）

夢追い歴史とピアノ遊び

2023年６月15日　初版第１刷発行

著　者　吉田 昭雄
発行者　瓜谷 綱延
発行所　株式会社文芸社
〒160-0022 東京都新宿区新宿1－10－1
電話 03-5369-3060（代表）
03-5369-2299（販売）

印刷所　図書印刷株式会社

ISBN978-4-286-24151-7　JASRAC 出 2302537－301